绘本帝国
原创长篇小说

走米

zou mi

张漫青／著

百花洲文艺出版社
BAIHUAZHOU LITERATURE AND ART PRESS

图书在版编目（CIP）数据

走米 / 张漫青著. —— 南昌：百花洲文艺出版社,2018.12
ISBN 978-7-5500-3073-2

Ⅰ. ①走… Ⅱ. ①张… Ⅲ. ①长篇小说 – 中国 – 当代 Ⅳ. ①I247.5

中国版本图书馆CIP数据核字(2018)第248065号

厦门市文艺发展专项资金扶持作品

走 米

张漫青　著

出 版 人	姚雪雪	
责任编辑	游灵通　吴文星	
书籍设计	黄敏俊	
制　　作	张诗思	
出版发行	百花洲文艺出版社	
社　　址	南昌市红谷滩新区世贸路898号博能中心一期A座20楼	
邮　　编	330038	
经　　销	全国新华书店	
印　　刷	江西千叶彩印有限公司	
开　　本	710mm×1000mm　1/32　　印张　7.25	
版　　次	2019年3月第1版第1次印刷	
字　　数	150千字	
书　　号	ISBN 978-7-5500-3073-2	
定　　价	33.00元	

赣版权登字　05-2018-461

邮购联系　　0791-86895108
网　　址　　http://www.bhzwy.com
图书若有印装错误，影响阅读，可向承印厂联系调换。

自 序

我写了。读过的人不多。或许，以后会多一点。

我没什么梦想，不热爱什么，也不追求什么，写了就写了，不写就不写。所以我不会取悦谁，富贵于我不如我猫的一根毛。

但我写了，偶然被人读，又偶然被人欣赏，如今要出版了，这事不坏，值得邀三五好友喝两杯。

人生是荒谬，是没意思。我写小说，也许就是想知道这"没意思"的里面，到底有什么。

《走米》这个书名，有人说是拆字，有人说是多岔路口的隐喻。也曾解释，后来放弃了，让它无解吧，或是滋生各色各样的误解，也未尝不可，随他去。它诞生于世，有自己的命运，自己的喜怒哀乐。

作者是作品的药渣。这话有些悲凉。但悲凉是不可逃避的肤色，且它没有尽头。

没办法，我喜欢这样，悲观而干净，这样一种不想繁衍出"成功之子"的透亮的失败。

目 录

contents

第一章：我是一个玩笑

陌生人

昨天唐烽给自己买了一块劳力士表。前天他告诉一个叫"蓝帽子"的网友他快过生日了，蓝帽子立即用键盘给他发送了一朵玫瑰花。玫瑰花虽然是假的，但红得很逼真，像血。

他把劳力士表郑重其事地戴在左手手腕上，然后站在穿衣镜前，对着镜子做了一个夸张的表情：嘴角努力向上弯曲，上下唇裂开，两排牙齿坦荡荡展露，舌尖在牙齿中间鬼鬼祟祟，如跳蹿的喑哑火苗。

"生日快乐！"他用双眼瞪向镜子。

然后他把左手抬起，以便让自己的眼睛能够瞧见时间。时间正赤裸裸地挂在他的手腕上。

他选了一套新的西装穿上，没系领带，裤脚很短，据说这是韩国现在最流行的款式。

出门。这个时候太阳正旺，刺到他的眼睛，他想躲闪，没地方躲。昨晚他喝多了，把车子留在了一家酒吧门口。昨晚从酒吧跟他一起出来的，还有一个刚认识的女人，他们打的去了附近的一家酒店开房。半夜也不知道几点的时候他突然醒了，就自己回家了，把那个女的留在酒店里。他后悔没有在离开前看一眼她的脸，那样或许就能记住她的长相，这样下次见到她的时候就算熟人了。他希望他的性器官能绕开所有的熟人，他希望自己跟熟人之间建立一种纯粹的礼貌关系。他更愿意跟陌生人在一起，对于刚认识的人，他要么记不住他们的名字，要么记不住他们的长相。所以下次见面的时候他们往往还是他的"陌生人"，但是这些"陌生人"有时候记性很不错，就会破坏唐烽苦心营造的独特生活氛围。

由于平时出门总是开车，唐烽已经不太习惯迈动双腿走路了，而且是走在人潮涌动的大街上。说是人潮涌动，其实他更愿意用"人头涌动"这个词，因为他这样走着，看到的无非是与他同方向的各种后脑勺，和与他逆方向的各种面目模糊。

他微仰着头，右手不自然地放进裤子口袋里，摸到一个小盒子，从形状上初步判断是避孕套。这套西装是新买的，谁放进去的？帮他定制西服的人是他的胖子助理，只有他了，他可真他妈的敬业。

街上人真是多啊，一个个神色慌里慌张的，不知道都要去哪里。他抬手看看手表，时间仍然挂在他的手腕上，但他只看到表针在动，动了就好。无所谓时间。

迎面走来一个女的，鬈发、窄长脸，高跟鞋敲打着地面，身子随着叮叮声有节奏地一扭一扭。越走越近了，他发现她在朝他笑。他脑子一转，昨晚和他开房的不会就是她吧？仔细想想，昨晚那个好像也是鬈发、窄长脸。可能是，大概就是吧，她的笑容均衡持续地洒向前方，女人在阳光下大大方方地向前迈步。唐烽却大方不起来，他好像一个在运动场上突然听到一声来路不明口哨声的运动员，不知道此时该立正，还是该稍息。她一直走，越来越近，她是谁，她比谁陌生，越来越熟悉，谁是她，谁比她熟悉，他就要想起她了，越来越想起了，直到她从他身边一扭一扭地、旁若无人地经过。

妈的！

他继续行走，面无表情。

街上什么都有，高楼、广告牌、车子、树木、红绿灯、电线杆、人……太阳把空气蒸出一股奇怪的味道，像小时候偷舔的青苔的味道，微小的刺激加微小的苦涩。他走着走着，就走上了一溜台阶，好长的台阶，长得好像台阶的尽头就是另一个世界了，但是白晃晃的阳光露出了硬邦邦的底牌，抵挡了不切实际的幻想。

台阶的尽头是一个奇怪的男人。蓝底紫花的衬衫，扣子全部不扣，肥胖颤抖的褐色的肉，松垮的裤子污渍斑斑，油黏黏的头发朝各个方向冲刺，手里垂着一根脏兮兮的绳子，时不时抽打地面，见到有人路过就龇开嘴嘿嘿嘿地傻笑。前面有个抱着孩子的妇女，小心翼翼地绕行而过，他却特意凑上前，冲着孩子摇头晃脑地笑，孩子被吓得哇哇大哭起来，妇女也惊得一阵小跑，边哄着孩子，边落荒而逃。

这似乎是一个傻子。唐烽站在一旁看，面无表情。傻子转过身来看到他，笑在他脸上像菊花一样绽放，又突然在某一片菊瓣上冻住，绳子从手中滑落。唐烽把一张百元钞票丢在傻子脚下，吹了一声口哨，向前懒懒跨步。傻子似乎傻得并不彻底，他立即蹲下捡起钱，望着唐烽的背影发呆，还托起腮，呈现出一种思考的模样来。

唐烽走进一家很小的咖啡馆，刚坐下，听到有短信来，掏出手机，短信是胖子助理发来的："爷，今天是您的生日，我都准备好了，晚上好好庆祝。"胖子从当上他助理第一天起就无师自通地叫他"爷"，叫得极其顺溜，好像很享受当孙子这件事情。唐烽的嘴角浮出一丝嫌恶。

所谓的庆祝，大概就是到高级餐厅订一桌丰盛的酒席，叫一些擅长拍马屁的男男女女在旁边大呼小叫，弄出些虚假的欢快气氛来。酒足饭饱后女人们将被无比敬业的胖子助理一个一个安排送回家，剩下的男人们将心照不宣，趁着酒意潜入夜总会，遵循着各自不同的品位，发泄着共同的欲望。

　　唐烽喝着咖啡，听着披头士的音乐。无聊。从早晨醒过来，到现在，挥之不去的无聊，无所不在的无聊。环顾四周，小小咖啡馆里聚集的人还挺多的，除了两对情侣，其余的都是单身男或单身女。好笑的是，几乎所有人都低着头，低头摸手机。没有人在乎咖啡的味道，没有人在乎播放什么音乐，他们只在乎手机里的世界。当然手机里什么都有，图片、视频、照相机、收音机、电影、QQ、微博、游戏……似乎人生就藏在巴掌大的手机里，似乎一机在手，就可以免于生活。

　　这时候咖啡厅播放的是巴赫的曲子，唐烽觉得有点突兀，其他人仍然低头摸手机，没有人觉得有什么不同。

　　舅妈喜欢听巴赫。乐声在唐烽心里流来流去。舅妈，今天我又过生日了。

　　今天是唐烽二十八岁生日。又，生日了。他想起了舅妈，和她的遗书。这是舅妈死后他的第二十个生日。琢磨舅妈自杀前留下的十一字遗书，是他二十年来每个生日的保留节目。虽然只有短短十一个字，但既然被郑重其事地称作遗书，仿佛就值得玩味。

　　舅妈自杀时唐烽八岁，二十年来，他并没有琢磨出什么花样，这十一个字加两个标点符号，跟二十年前的一模一样。不深也不浅，不铭刻，也不腐朽。

　　我是一个玩笑，终于玩完了。

他抬起头，天花板好像裂开了一道缝，似乎他眨眨眼，他的童年时光就会从上面泄露下来。

绳　子

二十年前的一个下着绵绵细雨的凌晨，也许舅妈正在床上辗转反侧，无法入眠，突然就萌发了死念；也许她写了一段小说，被自己设置的文字深渊吸进去出不来，坠入死穴；也许她正做着一个梦，梦游到阁楼的小窗前，被貌似混沌初开的如水凉夜弄糊涂了，顿悟了死门……

总之，一根高高悬挂的绳子，一个扎扎实实的死结，一把木凳子，加上围观者的嘈杂纷乱，就是唐烽印象中舅妈的死亡现场。

八岁的唐烽从那些街坊邻居一个个屁股的间隙里并没有看到舅妈，只看到一根绳子。从他们口里他得知舅妈的尸体已被抬走。

人去绳空。

但看到了那根绳子的时候，唐烽的心颤了一下。那绝不是一根普通的绳子，他从来没见过那么漂亮的绳子，即使二十年后的今天，他仍觉得那绳子好看得无与伦比。三股绳索，分别是粉蓝色、粉绿色、粉红色，缠结成一条绳子，不粗不细，质地柔滑细腻，两头分别拧结成缕缕流苏，纤纤弱弱，似乎风一吹就能轻轻飘舞。那么漂亮的绳子却被死死地扎成一个圈套，用来勒脖子，用来连接生与死。

唐烽再次到阁楼去的时候绳子已经不知所踪。他惦记着那根绳子，在父亲耳边哼唧了几回，父亲忙着帮舅舅处理舅妈的后事，懒得理他。他去找舅舅，舅舅什么也没说，只把空洞洞的两只眼射向他，他有些茫然，也有些害怕，转身跑开。

舅妈自杀后的半年内，邻居们表现得很关心，常在门窗外探头探脑；警察也来过好几次，仔细勘查了现场，认真记录了口供。总之轰轰烈烈地在大家心里热闹了一阵，这段时间也许才是舅妈在这个世上存在过的最鲜明的痕迹。

半年后，开始淡下来。

五年后，很少人会记得，即使偶尔有人提起，拍拍后脑勺想个半天，最终也想不出个东南西北。

不过唐烽知道舅妈一直都存在，因为她的所有蛛丝马迹，其实都藏在舅舅的眼睛里，只是舅舅的眼睛时而像阴森森的山洞，时而像冷幽幽的枯井，让人看了脊梁骨发凉。

一年又一年过去了，舅妈自杀事件早该变成了一盘陈芝麻烂谷子，唯独舅舅不这么看。在舅舅看来，这件事不但未陈未烂，甚至是一枚刚从树上采摘下来的樱桃，还鲜嫩欲滴；又或者是一块刚从烤箱里出炉的蛋糕，正热气腾腾呢。

时光已凝成冷冷青苔，永久封存在舅舅枯井般的眼睛里。在唐烽的记忆里，舅舅曾经是一个健康快乐的英挺男子，现在虽不到五十岁，但皱巴巴的破旧外套、乱蓬蓬的花白头发和阴沉沉的干瘪脸庞，使他看起来像个邋遢、古怪而又深不可测的垂暮老头。

舅妈生前是个作家，不过她的小说无人问津，从未出版。舅妈死后唐烽的父亲拿出一笔钱交给舅舅想让他帮舅妈出书，但舅舅当场把那沓钱狠狠地甩在脏兮兮的地板上，还冲那里吐了一口痰。唐烽依稀记得当时他和父亲站在舅舅家门口狭长的过道上，灯光极其昏暗，舅舅被灯光投射在墙上的影子庞大而虚弱，如同一台顷刻之间就要崩塌的摇摇欲坠的巨型破烂机器。当那口痰飞过来即将降落的一瞬间，有东西在他眼前晃了一下，他的小手立刻紧紧拽住父亲的衣角。

酒　色

咖啡馆一直在重复播放巴赫的 b 小调奏鸣曲。唐烽在旋律中恍恍惚惚迷迷蒙蒙，短信声突然响起，好似一个弹簧刺穿沙发皮，直愣愣地搅乱了平静的空气。

又是胖子助理："爷，在哪里逍遥？五点半我去接你。"

五点半？唐烽把手机用力摔在桌上。五点半是个什么玩意儿？

五点半的情况是这样的：饮食男女。

通俗一点讲就是：酒＋肉＋衣冠楚楚男＋和颜悦色女。

五点半终将要到来。灯光晦晦，眼色迷迷。一个被称为陈局的人频频跟唐烽敬酒。陈局是某某局的局长，唐烽见过几次，但是印象不深，因为他很难对别人产生深刻印象。现在他发现陈局并不胖的身上顶着一个貌似怀胎八月的肚子，于是悄悄地留下了较深的印象。"干！"他跟陈局连喝了三杯。

"生日快乐，唐总！"一个造假的嗲嗲声音发自一个身材粗壮的女人。他礼貌地喝了她敬的酒，礼节性地看过去，看到一双被假睫毛营造得神色惊奇的眼睛，在一张大脸盘上晕晕地放着廉价的电。

大家都来跟唐烽敬酒，都祝他生日快乐，好像快乐是被祝出来的一样。陈局今天不过生日似乎也很快乐，他一边喝酒一边讲荤段子，眉飞色舞。胖子助理话不多，只忙两件事：倒酒和笑。陈局的荤段子很能活跃气氛，大家都笑得七颠八倒的，唐烽深深体会到胖子助理把陈局请来是用心良苦，于是他在某一个荤段子的结尾处露出了干瘪瘪的礼节性的笑。

啤酒倒进肚子，开始是凉，然后是胀，无所谓好不好喝。除了跑洗手间和晕之外，唐烽不知道还应该干什么。他从洗手间回到酒桌上，遇到的可能是上一个荤段子和下一个荤段子之间的缝隙。

"陈局，你肯定是骗人的！"那个身材粗壮的女人嗲嗲地说。

"你要相信我，我谁都骗，就是不骗美女！"陈局的话引来大家一阵欢腾雀跃。

迷糊中，唐烽听到有个男人说："真的有这个地方！肯定有这个地方！"

一个女人说："到底是什么地方啊？什么村啊？"

一个男人说："'馋馋村'嘛就是馋鬼去的地方！"

一个女人说："色鬼去的地方！"

一个男人说："人去了会变成鬼的地方！"

一个女人说："你们瞎说什么！陈局去过只有陈局知道！"

陈局说："我知道我知道……"

一个男人说："我没去过我也知道……"

一个女人说："什么嘛什么呀……"

唐烽猛地发现酒桌上有一张极其陌生的脸孔。不知道是刚来的还是一直在那里坐着。一张极其稚嫩极其羞涩的脸孔。胖子助理眼明嘴快，第一时间就发现了唐烽的心思，他对那张脸孔说："小林，今天唐总过生日，还不敬一下酒？"

小林霍地就站起来，两手握住酒杯，向空中一推，怯生生地说："唐总，祝你生日快乐！"

唐烽什么也没说，把杯中酒一饮而尽。小林仍站着，艰难地喝着那杯酒，好不容易喝了半杯，朝胖子助理看了看，发现对方表情板板的，只得闭着眼睛像灌药一样把它喝完。

胖子助理示意她坐下，她才轻轻坐下，脸颊即刻泛起两圈红晕，像两朵被随意滴在白纸上的梅花，唐烽的心随着那迷蒙颤动的粉嫩花瓣微微荡漾起来。

胖子助理什么都看在眼里。他最擅长的就是挖空心思地让唐烽开心，虽然唐烽总是很难开心起来，但胖子助理总是能让他开心起来。尽管有时候这种开心是假装的，但胖子助理认为假装的开心也是开心，因为他就是这么一个假装活得风生水起的人。

胖子怎么成为唐烽的助理？是从一个玩笑开始的。这个玩笑是这样的，唐烽父亲是一个贸易公司的老板，给唐烽在公司里挂了一个副总之类的名头。父亲常常在国外出差，唐烽常常无所事事。有一天，唐烽在公司里到处溜达，走到业务部门口时，看到里面一个长得很胖的男职员。当时他正蹲在地上捡东西，肥大的屁股正对着他，他觉得很厌恶，于是就开了个玩笑，悄悄走到他后面，朝他屁股踢了过去。胖职员被猛地踢了一下，"哎哟"大叫一声，额头撞到桌腿，血顺着眉毛一直流到嘴角，空气顿时凝固。胖职员两腿叉开歪坐在地上，一手捂着额头上的伤口，一手扶住桌脚，张着大口喘气。业务部办公室里一片静悄悄，大家一会儿看看唐烽，一会儿看看胖职员，始终保持着沉默。唐烽觉得这个气氛很不好，于是就厌烦地挥挥手说："不好玩哪。"然后讪讪地走开了。

唐烽走后，胖职员被同事领到医务室包扎伤口。业务部经理悄悄往他手里塞了一个红包，胖职员捏了捏红包，感觉挺厚的，就悄悄地塞进了自己口袋。第二天胖职员在走廊跟唐烽不期而遇，唐烽指指他头上的纱布说："嗯嗯，你叫什么名字？"胖职员说：

"它叫红包。"唐烽听了就哈哈大笑起来，笑得眼泪都快流出来了。

胖职员由于会开玩笑且开得起玩笑，得到了唐烽的赏识，就升职做了唐烽的助理，薪水也涨了好几倍，工作内容主要是陪唐烽吃喝玩乐，协助开各种玩笑。

舅妈死的时候说自己是一个玩笑，唐烽觉得她死得很酷，于是他想活得酷一点，于是就给自己生活增添一些玩笑的成分，包括让胖子成为自己的助理，包括让自己的性格变得喜怒无常，包括让自己的霸道变得有道理，包括刻意不去思考自己活着的意义，包括让理性的束缚滚远一点……

唐烽在酒桌上看到那个极其羞涩的小林姑娘，这可能是另一个玩笑的前奏，这个玩笑必然要开，如果他知道这个玩笑的后果是什么，也许就不开了。他并不想惹太多事，问题是世界上没有如果，因为如果有如果，舅妈就不会死了。

玩　笑

舅妈活着的时候很爱开玩笑，在幼年唐烽的印象中她是一个相当可爱的女人。当得知舅妈用一根绳子结束了自己的生命时，他对死亡还没有什么概念，懵懵懂懂中他只觉得那是个玩笑，跟之前舅妈开过的其他玩笑没什么分别。那时舅舅很穷，其实他一直都很穷，除了祖上留下的几间民房之外什么都没有。舅妈嫁过来后，舅舅就在屋顶上加盖了一间阁楼，专门让舅妈在里面写小说，恐怕当时谁也没想到这间阁楼会成为舅妈的葬身之地。唐烽记得舅妈有很多男男女女的朋友，他们常聚集在舅舅家的老式厅堂或者门口过道上，说说笑笑，推推搡搡，偶尔舅妈会把他们中的一两个人带上她的小阁楼，一聊就是大半天。而那时舅舅总是面无表情，沉默不语，拿起一张小矮凳丢到离门口十米远的地方，坐下来看报纸。有时候一份报纸要看一整天，唐烽曾经因此怀疑舅舅是报社的文稿校对员。

唐烽记得舅妈那些男男女女的朋友都打扮得很怪异，男人穿花衬衫，或者戴耳环；女人的裙子要么长得拖地，要么短得几乎露出了屁股。这样的打扮搁到现在或许不足为奇，但在当时确实有些惊世骇俗。而舅妈可能是他们中间最朴素的一个，但也朴素得出奇。她的衣服从来都是非黑即白，从不戴饰品，却把黑鞋带系在脖子上，打着蝴蝶结。

他们开的玩笑，深一句浅一句，有时候是大白话，有时候仿佛染了颜色，听不出个所以然来。例如，一个穿喇叭裤的男人对一个头发比男人还短的女人说：

"你真是个地道的美人啊！你只有在地道里才算美人，因为地道里没灯。"

例如，一个男人从卫生间里出来后感慨万千地朝大家说：

"青春，就像卫生纸。看着挺多的，用着用着就不够了。"

例如，一个戴着巨大黑框眼镜的男人扭着屁股哼着歌儿：

"你要是嫁人就先嫁给别人然后再嫁给我，带着他的存款领着他的妹妹，开着那宝马来。"

例如：

"爱像圆周率，无限不循环……"

"水能载舟，亦能煮粥！"

"带翅膀的不一定是天使，我姥姥说，那是鸟人。"

例如一个男人一脸痛苦地说：

"我喝酒是想把痛苦溺死，但这该死的痛苦却学会了游泳！"

舅妈就说："是啊，从猴子变成人，需要上万年，从人变回猴子，只要一瓶酒。"

一个头发染成金黄色的女人说："堕落并不可怕，可怕的是当一个人堕落时非常清醒！"

舅妈就说："我不堕落，我故意生活，故意写作，故意结婚，故意活得像个人！"

当他们打打闹闹说着这些玩笑话时，唐烽在一旁佯装写作业，或者佯装玩手中的玩具，但其实他在认真地听，有的甚至偷偷记到作业本上了。他们对这个小孩的态度是视而不见，或者是似见非见，只有舅妈从唐烽身边经过时会摸摸他的脑袋，或拍拍他的胳膊。大多数玩笑话，他听得似懂非懂，听得也挺开心。但有一句他听了之后，心情很复杂，又难过又激动，脸红心跳拳头攥得紧紧的。这句话出自两片不男不女的鲜艳嘴唇："以前脱下内裤看屁股；现在，拨开屁股看内裤，因为我穿的是丁字裤。"

八岁的唐烽当时心情很复杂，关于丁字裤，成年的唐烽狠命地消遣过它。当成年的唐烽试图回味当时的那份复杂心情时，发现已是不可能。

遥想当年，舅妈连写遗书都正经不起来："我是一个玩笑，终于玩完了。"还有比这个更不靠谱的遗书吗？然而二十年过去了，时间的流逝可以让任何一件不靠谱的事情都变得越来越靠谱，久而久之干脆连谱都没有了，也就是没谱了，也就是被大家忘记了。一件事以什么方式证明它存在过？如果无人记得舅妈自杀这件事，那么是否可以认为舅妈没有自杀，甚至舅妈从来就不存在？地球上不断有人出生、成长、衰老、死亡，除了载入史册的那些极少数的人，其余的人用什么方式证明他们活过、存在过？

"舅妈为什么自杀？"唐烽不止一次问舅舅这个问题。舅舅有时沉默，有时眼睛立刻冻成两个冰泉，冒着寒气："不要问我！问鬼去！鬼才会知道！"

那时唐烽不敢再追问，他什么人都不怕，就怕舅舅，因为舅舅是他搞不懂的人。搞得懂的人有章可循，有机可乘，没什么可怕的；搞不懂的人混乱无章，无机可乘，让人费心劳神，一筹莫展。

舅舅的房子坐落于老城区，低矮阴冷，外墙色泽灰黄，内墙泥漆败落，屋内陈设简陋，铺在地板上的青黄色石砖，因年代久远也东一块西一块地磨损开裂，踩在上面行走自然而然就会变成蹑手蹑脚的古怪姿态。

在唐烽的印象中，舅妈不是跟周围邻居和朋友们开玩笑，就是躲在阁楼上写那些似乎永远也不会发表的小说。

小林姑娘

由于胖子助理发现唐烽惦记上了小林姑娘，就诞生了另一个玩笑。

小林是公司新来的女职员，刚从学校毕业，长得水嫩嫩的，脸动不动就红。小爷看上的可能就是这一点，也可能看上的是其他点，谁知道？胖子助理猜不透唐烽的心事，可能他根本就没有心事，也可能所有的富家公子都没有什么心事吧。作为"富二代"，含着金钥匙出生的人，需要心事吗？胖子助理对小林姑娘说："小爷想请你吃个饭。"小林姑娘傻乎乎地问："小爷是谁？"胖子助理说："你连小爷都不知道？小爷就是'富二代'！'富二代'比'富一代'更牛！"

小林姑娘傻乎乎地又问:"他为什么要请我吃饭?"

胖子助理差点晕倒,他说:"废话,当然是因为他喜欢你啊。"

小林姑娘接着问:"他怎么会喜欢我?"

胖子助理有些怀疑她的智商:"男人喜欢女人,也许需要理由,但是'富二代'喜欢一个平凡的女人,是不需要理由的,你明白了吗?"

小林姑娘摇摇头。

胖子助理说:"那你到底吃还是不吃?"

小林姑娘还是摇摇头。

女职员的反应让唐烽感到非常不爽。每当遇到不如意的事情时,他就会变得烦躁不安,在心里生出一股深深的厌恶情绪,厌恶周围所有的一切,也包括自己。有时候还会退回到婴儿时期,拼命地吮手指。此时唐烽就在装修奢华但色调略显阴森的办公室里,吮吸着大拇指,走过来走过去,胖子助理则站在一旁,弓着熊腰,耷拉着大脑袋,大气不敢出,并在自己那张胖脸上小心翼翼地挤出些纠结的神色。

唐烽扭头看到他的脸,说:"你,这是什么表情?"

胖职员低声说:"忧伤。"

唐烽哈哈大笑:"忧伤?你他妈照没照过镜子?馒头加了褶,你他妈就是一个大肉包子!"

胖职员说:"是的,一个忧伤的大肉包子。"

唐烽说:"你忧伤什么?"

胖职员说:"爷忧伤,我就忧伤。"

唐烽说:"谁说我忧伤了?再说,你知道什么叫忧伤吗?"

胖职员说:"我不知道,但爷知道。爷看过很多书,爷是有文化的人,有文化的人都会忧伤。"

唐烽说："放屁！你从哪里学来这副奴颜媚骨的鸟样？"

胖职员说："不用学，在小爷的面前，什么都是水到渠成。"

唐烽说："什么狗屁？你看看那个新来的小妞，多有性格啊，你怎么不去学学她啊？"

胖职员说："不学！学得来神学不来形。"

唐烽说："什么意思？"

胖职员说："性格学到了也白搭，咱没她那身体构造。"

唐烽哈哈大笑，说："你真不要脸！太不要脸了……不过讲得也有点道理……你说，这事该怎么办？"

胖职员说："要不，换一个？"

唐烽说："迟早要换，但不是现在。你知道吗，她深深地伤害了我的自尊……我要她加倍赔偿我的损失！"

胖职员忙拍手说："好！"

唐烽跟他舅妈一样，喜欢开玩笑。在胖子助理的陪伴下，他的玩笑如同滚雪球，越滚越大，也越来越好玩。这次的玩笑他们稍微设计了一下：晚上公司里没人的时候，悄悄潜入小林姑娘所在的那个办公室，把那台价值三万元的设备弄坏，第二天把那个办公室里的其他职员都支开，只留小林姑娘单独待在办公室。两个钟头后，胖子助理找个借口让经理使用那台设备，当经理发现设备被弄坏时，发现整个办公室只有小林姑娘一个人在，于是她就百口莫辩，胖子助理再趁机煽风点火、夸大其词一番，于是小林姑娘就只能满脸通红地呜呜哭泣了……

"我没有，我是冤枉的。"女职员太稚嫩了，反复说的都是这些虚弱的辩词。

经理问："内部处理，还是报警？"

胖子助理说："前者是罚款，后者是坐牢，让她自己选！"

小林姑娘眼泪汪汪，楚楚可怜，胖职员看着竟然有点心疼起来，但他咬咬牙，硬生生地止住了这份微弱的同情心。

结果却令人吃惊，小林姑娘哭完竟毅然决然地选择了报警。她停止了哭泣，用袖管擦擦眼泪，然后清清嗓子，一个字一个字地很认真地说："我是冤枉的，让警察来调查吧。"

所有人都感到意外，她毕竟刚从学校毕业，没有社会经验，或许正是因为没有社会经验，才能保存这份纯朴的勇敢。但在大家看来，这份勇敢其实就是傻，而在唐烽看来，就是"太开不起玩笑了"。

这玩笑开得过大了，这可不是唐烽想要的结果。他要的结果其实很简单，就是小林姑娘跪在地上苦苦哀求他饶了她，然后他搂住她柔软娇嫩的身子，甜言蜜语春风化雨一番，然后就可以或温存或暴虐地随心所欲为所欲为……

这玩笑还不止这么大，这玩笑简直像气球一样越搞越大，不断膨胀，甚至爆炸了！一个消息传来：小林姑娘从警察局转到看守所，又从看守所直接转进了太平间——她在看守所自杀了。

"为什么要自杀？为什么？为什么？为什么？……"

唐烽吮着手指，挠着头发，哇哇大叫，连续嚷了几十个"为什么"。胖职员浑身哆嗦，额头上冒了冷汗，又冒热汗，汗液和眼泪在那张油腻腻的胖脸上纵横交错着。

这时候，唐烽突然想到了舅妈。

"她是怎么自杀的？"唐烽问胖职员。

"上吊。"胖职员回答。

"用什么上吊？看守所他妈的怎么会有绳子？"

"听说……听说是用一根扎头发的丝带。"

"有那么长的丝带吗？"

"有！刚好就有他妈的那么长的、的、的丝带。"

"有那么牢固的丝带？"

"有！刚好就有他妈的那么牢固的、的、的丝带。"

"你他妈怎么说脏话？"

"都是跟爷学的……爷说脏话的时候特别特别帅！"

"哈哈哈哈哈……就会逗我开心……"

"呵呵呵呵呵呵呵……那是我的荣幸……"

"你不能学我，你说脏话的时候会结巴……你是个好孩子，所以就会结巴，懂吗？"

"是是是！"

"是个鸟！"

"对，是个鸟！"

"现在，怎么办？"

舅　舅

这些年，唐烽无聊时偶尔会到舅舅的老房子转转。舅妈死了，但她其实活在舅舅眼睛的枯井里，看着舅舅的眼睛就相当于看着舅妈，唐烽觉得这充满玩笑意味，很好玩。

老远就能望见一个老头或蹲或坐，在老民房门口看报纸的情景。舅舅根本没有钱订报纸，那些报纸可能是借来的，也可能是捡来的；可能是当天的，也可能是去年的。他不在乎报纸里内容的时效性，他早上看晚报，或者晚上看早报，他可以从日出看到日落，从青天白日看到暮色苍茫。他低头沉醉在一个个一行行的铅字里，偶尔抬起头，叹一口气，枯井般的双眼冒出一层雾气，瞬间雾气就消散，然后他又低下头沉醉在密密麻麻的铅字里。

舅舅民房的厅堂大门敞开着，像一张空洞的嘴，一张可怜巴巴的乞讨之嘴。唐烽穿着一身从法国定做的最新款的灰色西服，脚蹬一双从意大利进口的高档商务皮鞋，跨进舅舅的大门，看了看，没什么变化，不经意一转身，吓出了几滴冷汗，整天看报纸的老头不知什么时候已经耸立在他背后，像个鬼一样。唐烽朝他笑了笑，尽量笑出点青涩来，希望能保留他作为他外甥的童年影子。

舅舅用毫无人间温度的声调说："你，又来干什么？"

唐烽没有理他，在厅堂里东张西望，仿佛为了配合他的不配合，他甚至怂恿自己蛮横一点，动作放肆一点。当他打开一个青铜色的矮柜时，从里面跳出一只癞蛤蟆，把他吓得翻倒在地上。这时他竟然听到舅舅的笑声，短促，但质地铿锵，有人间的味道。这古怪老头一不小心也会暴露自己，唐烽在心里暗笑。

唐烽站起来，拍拍身上的灰尘，然后爬上通往阁楼的陡峭狭长的楼梯。

"你到底要找什么东西！"舅舅已恢复常态，他的常态就是恶狠狠、不会笑、只嚷嚷。

"没什么，舅舅，我就随便看看。"唐烽说。

唐烽已经爬上了阁楼，听到舅舅在底下嘟噜着："……你也不看看天，也不看看地……没事可干……喝凉茶去……"唐烽不知道他在跟谁说话，也许他正和藏在他眼神里的舅妈对话吧，这古怪可怜的老头。

舅妈活着的时候，唐烽从来没上过阁楼，舅舅曾告诫他说，没有舅妈的允许谁也不能上去，就连舅舅自己也是。能被邀请上阁楼的似乎只有舅妈的寥寥几个朋友。所以唐烽那时以为阁楼里一定藏着什么秘密，一直想找个什么机会爬上去看看。舅妈自杀被发现那天，可以说是阁楼的开放日，从那以后的一段时间里阁楼变成了人们津津乐道的死亡现场，警察、验尸官、街坊邻居、好事者纷纷上来在狭长的楼梯上留下他们或沉着或慌乱或公事公办或怀揣私心的足迹。那段时间，舅舅常常挥舞着一根大扫把，像赶苍蝇一样地扑向那些无聊好事者。

舅妈自杀那天，唐烽曾经混迹在那些人中间，发现除了那根美丽绝伦的绳子，再没什么神秘之处，后来绳子也失去了踪影。阁楼大概二十平方米大，除了一张书桌一把木椅（大概是当时用来上吊的）外，什么家居摆设都没有，空荡荡的，一览无遗。

"绳子，绳子，你在哪里？"他在心里默念着。

唐烽失望地走下阁楼，站在厅堂，看到舅舅正蹲在门口烧什么东西。

唐烽走过去，舅舅手里拿着一本深青色封面的笔记本，正准备丢进火里。

唐烽把笔记本抢过来，翻一翻，里面密密麻麻写满了字。他翻到扉页，上面写着一行字：

我的过去一片幽暗，那么，我想要你的未来。

笔记本封面有些发黄发旧，纸质粗糙，傍晚红彤彤的霞光正照在它身上。

"舅舅，这个笔记本是舅妈留下的吗？"

舅舅没有回答，走进屋里。唐烽却已经在心里认定了它是舅妈留下的遗物。

"舅舅，把它送给我。"

舅舅的眼睛里突然长出几根锈迹斑斑的钉子，嚷道："你拿去做什么？"

"舅舅，我要去旅行了！"

"旅行？哼！旅行做什么？"

"无聊呗！"

"无聊拿这个干什么？"

"没干什么！就看看！"

"没什么好看的！"

"舅舅你看过吗？"

"没有！"

"你自己不看，也不让别人看！你太小气了吧！"

"哼！你看不懂的！哼……"

"舅舅，斗胆问你一个问题。"

"哼……"

"你觉得舅妈是自杀的吗？"

"哼，你去问警察！我不知道！鬼才会知道！"

"那你爱舅妈吗？"

"屁话！"

"舅妈都死这么多年了，你怎么不再娶一个女人？"

"傻话！"

"那舅妈爱你吗？"

"笑话！"

为什么是你

唐烽从小林姑娘的自杀想到了舅妈的自杀，又从舅妈的绳子想到了小林的丝带，但想来想去还是想不明白。

唐烽对胖子助理说："我连摸都没摸过，她怎么就自杀了？这开的什么玩笑？"

胖子助理说："是啊是啊，简直开玩笑！"

唐烽又说："她分明是想害我！她以为她死了我就会完蛋！"

胖子助理说："是啊是啊，她在威胁你！"

唐烽又说："放你的鸟屁！你脑壳被豆腐压扁了？她都死了怎么威胁我？"

胖子助理说："是啊是啊，我被豆腐压扁了，这么简单的道理都不明白！"

唐烽又说："那你明白什么？"

胖子助理说："爷，现在不如去洗脚？天仙洗浴城来了几个妞还不错。"

唐烽说："我没心情！我要去医院！"

唐烽其实是个很单纯的青年，单纯到每隔一段时间就要到医院进行一次身体检查。在医院检查身体，未必是因为身体出现问题，也可以有其他的原因，例如医院的护士太漂亮了之类。其实最重要的原因是他是一个数字狂，一个单纯数字狂，单纯数字狂的特点是，喜欢一切数字，认为数字生而平等，不分贵贱、无论大小。好在有些医生也是数字狂，只不过他们热爱的是另一种数字，医生这种数字狂就不太单纯了，他们喜欢的数字往往越大越好，最喜欢的符号是 $ 或 ¥。

唐烽在乎的也许是健康，也许仅仅是这些数字和符号的变化。他时常感到全世界的人都很忙，除了他。全世界的人都会在乎一些东西，而他不知道该在乎什么。总得找点东西来在乎吧，不然活着干什么？于是他找到了这些数字和符号，变成了一个数字狂。唐烽和医生交换各自所掌握的数字，各取所需。怪不得有人说过，医院是世界上最和谐的地方。

在医院的时刻对于唐烽来讲是最安静的。数字狂医生用医疗器材把他的身体翻译成数字和符号（脉搏、血压、黏稠度、血小板、心电图、脑电波，各种阴性阳性指数等等），然后填在一沓医疗报告单里。如果身体是母语，这些数字和符号就是身体的外语，而医生就是翻译，医疗器材就是外语字典。

在医院的时刻甚至是宁静的，静静聆听那些机器发出有节奏的各种声音，混杂着医生和护士白大褂晃动的轻微摩擦声，和着不紧不慢的脚步声，唐烽闭上眼睛，还能听到漂亮护士在空气中一点一滴消解青春的靡靡声。他喜欢这种靡靡声，胜过喜欢护士的脸庞脖子胸部腰身胳膊大腿小腿等等。闭眼了就是天黑，他沉溺于这人造的黑暗里，感觉着无声无色的空气无方向的流淌……护士 A 是典型的白衣天使，有一双修长的美腿；护士 B 的声音特别甜美，听得人怪痒痒的；护士 C 皮肤很细腻，要用放大镜才能找到她脸上的毛孔。他必须在黑暗中分辨靡靡声中哪个是 A 哪个是 B 哪个是 C，这是有难度的，这是麻烦的，这也是唐烽的乐趣。

在医院的时刻，还有其他的乐趣，例如医生的光秃脑袋。可以想象一下他昨天有几根头发，今天增加了或减少了几根。

唐烽看着医疗报告单，又望了望医生稀疏的头顶，说："跟上次的好像差不多啊。"

医生说："你希望有差别吗？"

唐烽说："这上面显示的结果是我很健康？"

医生说："是的。"

唐烽说："为什么我感觉不到？"

医生说："什么被感觉到了，什么就有麻烦了。"

唐烽用指尖指着医疗报告单上的一个数字说："我不喜欢这个数字。"

医生说："它属于你身体的一部分。"

唐烽说："我的身体就是这些数字？"

医生说："从某种意义上说，是的。"

唐烽说："我每天晚上 11 点就上床了，但是睡不着，你上次说要喝黑豆汤，是几点来着？"

医生说："我从来没说要喝黑豆汤。"

唐烽说："那……几点要生吃白萝卜？"

医生说："我从来没说要吃白萝卜。"

唐烽说："哦哦，那是谁说过的？"

医生说："你很好，虽然有点亚健康，但是亚得不是很明显。"

唐烽说："那你跟女人接吻前会把她的口红擦掉吗？"

医生说："我的女人不搽口红。"

唐烽说："那你很幸运。你们几点做爱？"

医生说："每周一次，周六晚上 10 点 45 分，每次半小时。"

唐烽说："嗯嗯，不错。还有一个问题。"

医生说："请讲。"

唐烽说："为什么是你？"

医生说："……"

唐烽说："跟医生聊天真他妈爽！可以假装自己是病人！"

这时候一个戴着口罩、体型丰腴、身穿经过时间打磨颜色略略发蓝的护士服的女人走进来，干脆而又随意地打扰了他们的对话，她把抱在怀里的一沓厚厚的文件夹往医生的桌子上一丢，努努嘴说：

"喏，这些，这么多，重死了我！"边说边挽起袖子，露出汗毛有些粗的手臂。

唐烽的注意力落在了她的手臂上，护士的鼻子嘴巴都被遮掩在口罩里，这使她的一双眼睛显得有些落寞，这双眼睛不大不小，黑多白少，适合在底下安置一副口罩。医生和唐烽面对面坐着，而护士从门外进来后就径直走到了医生的旁边站着，所以她这双眼睛不得不俯视着医生的头顶，然后视线转移到了唐烽的头顶，当唐烽抬起头的时候，就刚好能够看到护士这双眼睛正在对他眨啊眨啊。

医生用厌恶的眼神瞟了一眼那沓文件，脑袋朝另一边扭了扭，说：

"不要放在这里！直接拿去处理！"

护士娇嗔着："资料科要我拿给你的啦！我怎么办嘛。"

医生的脸上缓缓施舍出一点笑意："老改不了这个毛病！跟我撒什么娇哪！"

唐烽问："是什么资料？"

护士忙说："是第一季度死亡病人的病例卡……"

医生故意咳了两声，想打断护士，但已经来不及了。

唐烽问："死了那么多人啊？"

护士稍微提高了音调，让人觉得她隐藏在口罩后面的嘴唇正在噘起："可不是嘛，这些算少了，去年更多呢……"

医生又咳了两声，并挥挥手，示意她离开。

护士不太情愿、依依不舍地挪动步子，离开时还朝唐烽眨了几下眼睛。

医生又轻咳两声，仿佛咳嗽声能让气氛恢复平和，他说："现在都改用电脑备份资料了。"

唐烽点点头，望向窗外一根电线杆，若有所思。

"我要去旅游了。"唐烽说。

"旅游，不错，是个放松的好办法。"医生说。

"我不喜欢旅游，但是没办法，我没有其他选择。"唐烽说。

"只要放轻松，你将会有一次愉快的旅行。"医生说。

"我很放松，我是说，我放松得根本不知道紧张是什么。这才是我的麻烦。"

唐烽说完就起身去洗手间。

当他从洗手间出来时，被人从后面猛地环腰一抱，一个哈哈哈的女中音笑声在耳后响起。唐烽解开了抱着他的手，转过头，看见一张女人的陌生的圆脸。这张脸不黑不白，既不粗糙也不细腻，嘴唇周围有一圈淡淡的茸毛。脖子以下是白色的护士服，挽起袖子的手臂汗毛粗重。原来是刚才那位护士，她取下口罩后的样子更加陌生了。唐烽觉得她应该永远戴着口罩，永生永世。

"你是？"唐烽问。

"讨——厌——"护士娇嗔。

"呵呵。"唐烽不知该说什么。

"你怎么这么久不来看我？"护士继续娇嗔。

"我、我最近比较忙。"唐烽仍然不知道该说什么。

"怎么那么忙啊？是不是忘了我啊？"护士说。

唐烽想回答"是"，但他感到有些疲劳，女人是最能让男人疲

劳的一种动物。于是他说:

"嗯,我最近身体不太好。还有点事,回见了。"

说完他头也不回就走了,不管她在后面嗨嗨嗨地叫唤。

唐烽总是记不起跟他发生过性关系的女人的名字和长相,也就是说,如果他能记得这个女人,那么或许只能证明他还没跟她发生过性关系。而且他和女人赤裸裸地缠绵后,身体分开的一瞬间,内心深处常常会强烈地进射出一个可怕的问题——为什么是你?

相 册

小林姑娘自杀后,唐烽的父亲专程从美国赶回来处理这件事,不到一星期就又走了。唐烽不知道父亲是怎么处理的,他只知道父亲的来去匆匆,如同脸被风沙轻轻掠过,眯了一下眼,等睁开时,风已经跑了,沙,更是从来没存在过,无影无踪。

关于自己的父母,唐烽直接想到的就是一本嫩黄色封面的相册。唐烽眼睛停留在相册上的父母的时间恐怕远远比停留在父母真人上的时间多。

如果允许大胆想象,唐烽愿意把他所认识的别人的父母放进自己的记忆里。如果非要扣除这些想象,他耗费脑筋列举了几个词语,不过是老生常谈、千篇一律的词语:父亲风度翩翩、温文尔雅、严厉善良,母亲气度雍容、美丽大方、慈爱宽厚等等。

还有什么呢?

父亲唐柯出身于一个大家族,祖父是南洋归侨,祖母是当地小家碧玉。祖父娶了祖母后,从做商行到开贸易公司,规模不断扩大,传到父亲唐柯时,唐氏集团已经占据了相当大的市场。不过父亲唐柯接手唐家产业后，唐氏集团的生意是平稳中趋于下降，主要是因为唐柯不太注重拓展业务。他兴趣广泛，喜欢游山玩水、广结朋友，也喜欢各种社交活动，打牌、玩麻将，出入夜总会。唐柯在四十岁的时候才觉得自己玩得有点累了，该娶妻生子了。这个时候母亲程新雨才二十五岁，刚刚大学毕业。

母亲程新雨家境不太好，外公是一家专门制作塑料花的工厂的工人，外婆没有正式工作，不时打打零工贴补家用。他们膝下只有一儿一女。长子程新风即唐烽的舅舅，长得高头大马，在一所中学当美术教师，后来莫名其妙被这所中学开除，又莫名其妙地娶了该中学里的一名女教师费如，也就是舅妈。程新雨面容姣好，又是大学里的文体积极分子，常常参加社团组织的舞台剧演出什么的，据说有很多富家子弟追求。当时的富家子弟似乎都以追求漂亮女大学生为时髦，唐柯不小心就凑了这个热闹，结果不小心就假戏真做了，程新雨怀了唐柯的孩子，唐家人不得不认真考虑起这桩婚事来。唐程两家虽然门不当户不对，但唐柯比程新雨大了十五岁，而且程新雨怀了唐家的骨肉，再三掂量后，唐家终于决定娶程新雨入门。唐烽的父母就这样结了婚。第二年唐烽就出世了。眼看新风、新雨一对儿女都成家了，程家两位老人，也就是唐烽的外公外婆，他们心满意足地回了老家安度晚年。

在唐烽的童年记忆里，父亲总是很忙，很少待在家里。母亲脾气不好，父母经常吵架。

唐烽八岁时，母亲跟父亲离了婚，改嫁到新西兰，以后就很少回国。现在唐烽基本上不记得母亲的样子。母亲改嫁后，唐烽的生活起居都由保姆照料，后来舅妈曾经搬到唐家来住，充当了唐烽母亲的角色，半年后不知道为什么突然又搬走了。

母亲的改嫁和舅妈的搬走，让唐烽觉得自己做了两次孤儿。

后来他长大了，住着豪华的大别墅，开着拉风的跑车，但这些也改变不了他是个孤儿的事实。他是个孤儿，他什么都不缺，但他什么都没有，除了一本嫩黄色的相册。

关于这本嫩黄色的相册，唐烽从上幼儿园开始，里面的照片就基本没有增加过。薄薄的，只有七页。第一页，是仅有的一张全家福，彩色的，唐烽大概一岁的样子，坐在父亲的右腿和母亲的左腿上，被父亲的右手和母亲的左手轻轻扶着，这是经典全家福的摆法。父母的表情也是经典的拍照表情，就好像全世界的人都约好了要摆这种表情才能拍全家福。一岁的唐烽脑袋圆圆的，眼睛圆圆的，身子也圆圆的，每个孩子，谁也猜测不了他将来会变成什么样，父母的样子未必是他成长的模板，多少小孩越长越像别人，这个别人可以是保姆，可以是亲戚，也可以是任何陌生人。

唐烽曾经尝试在这张全家福里看出些命运的端倪，但什么也没看出来。他们太普通了，即使有特殊地方，也被照相机镜头圈住，定格，然后放大共性，消灭个性。

翻到第二页，是唐烽三四岁时骑木马和坐四轮车的单人照。

第三页，父亲和母亲的合影。

第四页，父亲和唐烽的合影。

第五页，母亲和唐烽的合影。

第六页，是五人照，一家三口加上了爷爷奶奶。

第七页，唐烽和舅妈的合影。

这本相册由于唐烽翻开的次数过多，显得过于陈旧，封面的嫩黄色也褪了色，尽管仍然是嫩黄色，却是一种灰溜溜的嫩黄色。唐烽动不动就拿出来看，渐渐看出些不同，也看出一颗出离心，他渐渐觉得是在看别人的相册，别人的家庭成员。

梦

唐烽的生存哲学相当简单：喜欢开玩笑，开低级或高级玩笑，但不喜欢玩笑之后的尴尬与负面结果；喜欢做爱，喜欢跟各式各样的美女做爱，但不喜欢做完后的空虚和无聊；喜欢旅行，但不喜欢单独旅行，也不喜欢跟熟识的人结伴旅行。

唐烽的生活非常简单。开玩笑，玩笑开得过火了，就去一个陌生的地方旅行。带上钱，去旅行，去遭遇陌生美女。

不少姑娘想嫁给唐烽，有商场销售员、小提琴手、空姐、无所事事的富家女、公司小文员。她们无一例外地跟唐烽上了床，也无一例外地被唐烽抛弃。用"抛弃"这个词似乎不太合适，因为唐烽认为从未拥有就谈不上什么抛弃。他也尝试过去爱一个女人，通常在爱之前要先去了解她，但问题是只要对某个女人有了一丁点的了解或接触，他就没办法很纯粹地跟她上床了。那些无关紧要的东西会冲淡他肉欲的热情。所以他需要的女人，除了年轻貌美，除了还算卫生，最重要的是足够陌生。越陌生，获得的刺激越浓重。

每一个上过床的陌生女人都会变成熟悉的女人。得不到的女人才是真正陌生的女人，比如小林姑娘。小林姑娘自杀了，她便是他永远的陌生人。

"没意思。"唐烽给胖子助理丢下一句话，"我得去旅行了。"胖子助理就会把一切打点清楚。他可真他妈的敬业！

在机场，胖子助理几乎哭了，唐烽认为那是假装的。

"爷，你最近太辛苦了，这次要好好补回来。"

"是啊，我太辛苦了。每天都忙着做梦，昨天我又梦到她了。"

"爷，你要玩得开心点！"

"她的脸蛋还真是又白又嫩，可惜没机会摸了……她眼泪汪汪……突然眼泪变成了鲜血，哗啦啦地肆意乱流……"

机场里人山人海，唐烽在心里说："我是一个孤儿。"他尽量胡言乱语，尽量说出一个可怕的梦境："她一转身，头发就掉了一地，一转身，头发就竖起来……"

胖子助理表情很悲伤，或者说假装悲伤。唐烽突然觉得胖子助理是他唯一的亲人，于是他把劳力士表摘下来戴在对方手腕上，反正他从来不需要时间。胖子助理呆呆凝视他，没说话。

"再见！"唐烽说着，突然发现胖子助理的耳朵是粉红色的。

他转身就朝登机口走去，心里涌出一丝厌恶。这丝厌恶来得正是时候，他想。

第二章：陪游女郎

绿眼睛 & 蓝帽子

在机场，只有胖子助理送唐烽上飞机。他想起刚认识胖子时踢他的那一脚。那一脚把胖子踢成了他的助理，那一脚，唐烽看到了自己的狰狞。

胖子助理说："这次旅行将有三大惊喜，分别是：女人，女人，女人。但必须把她们从茫茫人海中打捞出来。"

胖子助理说："食物、衣服、信用卡各就各位，全程机票都预先订好了，每个落脚点都预租了轿车，并且等候在机场。爷一下飞机直接钻进轿车，然后开到预先订好的五星级酒店，一切都ok。爷什么都不用想，即使要临时改变行程，也只消跟我打个电话，我就会把一切搞定，爷要做的事情只有——吃喝玩乐。"

胖子助理说："这次特意安排了3个，数量整整翻了3倍，美女好比镇静剂，数量要与玩笑的大小成正比，玩笑越大，心灵越需要抚慰，美女就需要越多。这次的玩笑确实比以往的都要大，所以就需要更大剂量的美女来陪伴来抚慰爷那颗脆弱的心灵。"

现在唐烽坐在飞往 A 城的飞机上。A 城是国家级旅游城市，风景优美，物产丰富……旅游宣传册上的介绍千篇一律。

透过窗玻璃看到外面的云层稀疏，天色乌青，像小时候膝盖撞到后变成的一抹抹不均匀的青色伤痕。机舱里安静有序，全是陌生面孔，男的忽略不计，女的大致分为老中青三个类别，或低头看书，或歪头瞌睡，或窃窃私语，或东张西望。

唐烽头靠座椅，眯眼小憩，迷迷糊糊中向窗户看去，恍然间竟发现窗外好像有一个人，隔着玻璃在跟他招手眨眼。那个人忽远忽近，飘来荡去，一会儿飞向远处，一会儿飞过来把脸贴在窗口，直勾勾地望着他……那张脸似曾相识，脸颊上的两圈红晕……模糊的梅花花瓣……那不就是……不就是自杀了的小林姑娘吗？他感到一阵眩晕，她怎么会在天空遨游？难道……难道天空就是自杀者的集聚地？如果是这样，那么舅妈呢？舅妈也在天空到处飘荡吗？他努力睁大眼睛试着在浩渺无际的天空云朵间寻找舅妈的踪影……没有，没有了，没有舅妈，没有人，连小林姑娘都没有了，没有了……

"先生！先生！"

唐烽的眼睛一睁开，就被一张粉脸填满，粉脸上有一双涂了粉绿色眼影的大眼睛，被浓黑翘长的两圈睫毛紧密包围着。

"先生您醒了呀！您刚才一直在说梦话呢！飞机就要降落了呀！"她一连发出三个感叹号。

唐烽不知道她是从哪里冒出来的，莫名其妙就坐在他旁边的座位上。

"唐先生，您是去 A 城旅游吗？"她眨了眨绿眼睛，眼睛周围的假睫毛就会跟着颤抖。

绿眼睛叫他"唐先生"，唐烽一下就明白了，原来她是胖子助理安排的陪游女郎之一。不知道她是经验不足还是智商不高，总之由于她过早暴露了身份，省去了循序渐进的调情过程，让唐烽感到索然无味。

下了飞机，正如胖子助理所说，有部轿车在机场等候，唐烽和绿眼睛一起钻进轿车，大概二十分钟后，他们双双进入五星级酒店的豪华套间。

她洗完澡，穿着桃红色蕾丝镂空丝绸情趣小睡衣，懒洋洋地倚靠于床头，因训练有素而显得那么从容自若，他们的开场白是这样的——

唐烽问："你认识一个喜欢戴蓝帽子的女人吗？"

绿眼睛答："蓝帽子啊，认识啊，我还认识红帽子紫帽子黑帽子灰帽子黄帽子呢。"

唐烽说："哦哦，蓝帽子，我现在很想她。"

绿眼睛说："哦，她一定很漂亮。"

唐烽说："我不记得她长什么样了，我只记得那顶蓝帽子。"

绿眼睛说："是怎么样的蓝帽子？"

唐烽说："什么怎么样？蓝帽子，当然就是蓝色的！"

绿眼睛说："哦，我的意思是说这顶帽子除了颜色是蓝色的，还有其他什么特征吗？"

唐烽说："特征？为什么要有特征？蓝帽子就是蓝色的帽子！这样还不够吗？你太复杂了！像我这样简单一点不好吗？干吗把自己搞得那么累！蓝帽子居然还要其他什么狗屁特征……"

绿眼睛说："对不起，唐先生，我只是不太明白……"

唐烽说："你到底想明白什么？脑子太复杂了！快去把脸上的绿油油的东西洗掉吧！"

绿眼睛悻悻地走进洗手间把精心描画过的妆容完全洗掉，唐烽看了看她的脸，觉得跟刚才判若两人，更加陌生了。接着他命令她把那件桃红色蕾丝镂空丝绸情趣小睡衣脱了，当他看到绿眼睛的裸体时，就突然想起了蓝帽子的裸体。过去他常常把蓝帽子的裸体与其他女人的裸体相互混淆，现在他想起来了：蓝帽子肤色略黑，总体尺寸适中，胸略大略松，臀略宽略平，腰不粗不细，腿不长不短。

至于绿眼睛的裸体，因为它正摆放在他的眼前，具体而生动，所以他无法集中精力分析。

在跟绿眼睛做爱的时候，唐烽想起了更多关于蓝帽子的事情：蓝帽子头顶上的那抹蓝，有着虚假的忧伤；她常年用加厚型文胸塑造自己虚假的性感形象，却自己当了真；她有着吓人的自信，永远能说服自己是多么美丽出众、聪明非凡……她是永不言败的蓝帽子！

蓝帽子是唐烽的网友，他们在网上聊了很多，只见过一次面。他总是忘记女人的名字和长相，但他记得她头上的那顶蓝帽子，因为当她把自己脱得精光时，那顶蓝帽子依然骄傲地耸立在头上。她是一个性爱狂，建有一个"蓝帽子"网站，热爱一夜情，喜欢挑战不同的性爱方式。

如果没有绿眼睛，唐烽也不会突然想起蓝帽子。倘若下次见到蓝帽子，他也许想到的就是绿眼睛了。事情似乎就是这样，他要用一个女人来勾勒另一个女人，或者说，他要用一个女人来加深对另一个女人的欲望。

胖子助理了解唐烽的习性，为他预订了两个房间。唐烽跟绿眼睛做完爱，就回到了自己的房间。他是一个单纯的青年，喜欢做爱，喜欢跟各式各样的美女做爱，但不喜欢做完后的空虚和无聊。空虚的感觉，如同飞机上空的那些稀疏的云层，形大而寡淡，色浅而无味。唐烽在床上翻来覆去，毫无睡意，怎么办？又一个可怕的夜晚来临了。从小到大，他不知打发了多少可怕的夜晚，今夜跟其他夜似乎没有什么不同，因为类似而又显得多余。他有些后悔，如果刚才不跟绿眼睛做爱，空虚虽然还在，却会小很多，小片的空虚比大片的空虚要好对付得多。可是，如果刚才不做爱，他也会难受，他是那么年轻，本能欲望如同弓箭在弦，不得不发啊。

窗外隐约的灯光洒进来，静静落在房间墙角的那个旅行箱上，把旅行这件事弄得更逼真了。

换了个城市，夜晚的品质并没有发生改变，夜晚像乌黑的头发丝，数不清几根，但每根都扎扎实实地存在，每分每秒都纤细得要命。唐烽是单纯的青年，总是单纯地失眠，因为他知道，夜晚就是夜晚，空虚就是空虚，一切事物都仅仅是它本身。

于是单纯的唐烽打开了舅妈的深青色笔记本……

第 1 页

某个时刻，不同的人发生了不同的事。

有人骑自行车撞到一棵树，树干留下了伤疤；有人醉了，睡了，醒了；有人浑身湿漉漉的就钻进另一个人的被窝；有人被电线杆上的器官买卖广告深深吸引；有人正要死去，聆听着隔夜的雨水；有人刚刚出生，哭；有人整夜失眠；有人在楼顶跳舞；有人在 LV 品牌店门口问自己为什么；有人想抓住一把剪刀却握住一团棉絮；有人……

某个时刻，我在干吗？

其实我什么都不想干。我在学校图书馆看书。进入书的世界，我就只能听到流水和沙。眼睛疲劳，好似被沙迷了眼，就闭眼，然后睁眼，然后就看到了那个人。

那个人总是穿同一件衣服，旧旧的浅蓝色衬衫。我也有一件浅蓝色衬衫，但是很新，羞于穿出来。那个人走路从来不看人，所以当他从书架上选了一摞书走过来坐在我旁边的椅子上，把自己埋进书堆里的时候，并不知道我在仔细打量他。我甚至对着他做了个鬼脸，他也看不见。他的心在书里，我知道，并原谅了他。

我瞄了一眼他前面的书，都是美术绘画类的。他是我们学校的美术老师。

这是之前的事。之后，他就被学校开除了。他被开除的原因非常迷人——把女学生的肚子搞大了。

他有一副天然的呆，比照片中的海水还要无辜的呆。因而我就发动自己全身的细胞和神经，去想象他怎么搞大女学生的肚子，用像仙人掌一样鼓囊而尖锐的想象力把他那件旧蓝色的衬衫撑破，变成蓝色碎布条。然而却一无所获，蓝衬衫里面根本什么都没有。那么他是用什么搞大女学生的肚子的？难道用蓝色衬衫？这是多么深奥的问题啊，但对于我这个语文老师来说，深奥的东西总是迷人的……

我除了是一个语文老师外，还有一个不可告人的秘密——我要写真正的小说……

丁字裤

飞机把唐烽从 A 城带到 B 城。但是在 B 城，他并没有离开的感觉，因为 A 城和 B 城太相像了，仿佛 A 城和 B 城是一对孪生姐妹，又或者 B 城是 A 城的镜中城，那么在 B 城的唐烽，或许就是在 A 城的唐烽的镜中人。

唐烽一直待在酒店里。房间大，床也大。地毯通红，墙很白。他发呆，从沙发跌到地毯上。在沙发上发的呆和在地毯上发的呆，有着不同的质感。前者发皮质的呆，后者发绒质的呆。

空气在飘荡。眼珠子有时候卡在眼眶里，有时候荡秋千。

唐烽走到窗前，窗玻璃很干净，干净得就好像他永远都无法透过它看到什么。

这时候他走到了橱柜旁的穿衣镜前，镜子里干巴巴地站着一个男人。他上前一步靠近镜子，把脸贴在镜面，这样或许就能看到骨骼和血管，事实上眼睛和眼睛的零距离，使他和他融合了，也就是说，他失去了镜中人。

他后退一步，就感觉到空气在加速飘荡，他重新拥有了镜中人。

"我是一个低调的放浪形骸者。"他给自己下了个定义，后来觉得不够准确，就开始替自己解释："我喜欢的东西不算多，我只喜欢刺激和平静。我要越来越不平凡的刺激来唤醒我麻木的神经，我要越来越平凡的平静使自己的心灵歇脚。"

房间里可以上网，唐烽上了自己的微博。他之前已经加入了三个微群：抑郁者微群、丁字裤微群和唯美生活微群。在微群里他从不发言，潜伏其中，窥探别人的热闹或冷清。

抑郁者微群里很冷清，三两个人有一搭没一搭地说着"睡不着""高兴不起来""害怕明天"之类的话。

唯美生活微群比较热闹，大家忙着晾晒自己的小资文字和精致生活。

丁字裤微群里成员虽不多，但发言数量比较多，发言质量也比较高。一个叫"我是丁裤男"的人不停抱怨市面上缺少男性丁字裤；一个叫"丁女"的人不停描述自己的各种颜色、各种花纹、各种面料的丁字裤，如同一位唠叨的丁字裤推销员；一个叫"丁丁"的人不停地发图片，呈上来自不同国度、不同肤色、不同像素的琳琅满目的屁股。

相比其他两个微群，唐烽用了更多的时间和耐心浏览丁字裤微群。

关于丁字裤，有一个俗套的故事：在他很小的时候，有一次半夜被一种奇怪的声音吵醒，他循声而行，来到父亲的卧室门前，父亲的卧室门没关紧，他拉出一条门缝，看到父亲正用皮带抽打一个女人的屁股，这个女人哇哇乱叫，好像很痛苦又好像很舒服的样子，后来他发现这个女人穿的是一件很奇怪的内裤，布料少得可怜，只能遮住前面一点点，屁股几乎都露在外面。这就是所谓丁字裤。

唐烽讨厌丁字裤，成年后仍然无法消除对丁字裤的厌恶感。他越讨厌就越要让自己置身其中，这个逻辑源自庄子的"鱼相忘于江湖"。他要在丁字裤海洋里狠狠地忘记丁字裤。

在微博里旅行。茫茫微博。花花世界。

胖子助理打来一个问候电话。

唐烽问："B 城和 A 城有什么区别？"

胖子助理在电话里呵呵笑："美女是不同的。爷出门吧，出了酒店大门往左拐走 300 米有一个公园，里面有很多美女，你就在人海中把她打捞出来。"

唐烽准备听从胖子助理的安排，去邂逅一位陌生美女，虽然明知是胖子助理安排好的。让她来抚慰自己的身体吧，或许还有心灵。

下线之前，他看到了一个叫"缠禅村"的发出的一条微博："你要缠，还是禅？你要解脱，还是解不脱？"他来不及多想，加了关注，然后换衣出门。

出了酒店大门，唐烽故意没有往左拐，而是往右一直走，走了大概500米的时候，差点跟迎面走过来的人撞上。

"哎哟……"他听到一声娇滴滴的叫唤，它来自一张抹着紫红色口红的性感小嘴。

第2页

这本深青色笔记本，唐烽认为是舅妈的加长版遗书。

我要写真正的小说了。真正的小说里有遥远的寒雾、层叠的山峦、穷白的阳光、主人公高昂的头。主人公遇见一张清清淡淡的脸，脸上堆满疑惑和悲凉。另一个时刻这张脸会毫无表情，像一张肉色的硬纸片。

我的主人公选择走不一样的道路，别人指给他东，他偏要走西。于是他遇见了另一张脸，这张脸上什么都有，像一个卖杂货的摊子。

有人一天一天随便活着。这个人就是我。

真正的小说写给谁看？这是一个问题。我不知道你是谁，也许你是我的亲人，也许你是一个陌生人，但请不要相信我：我随随便便活着，就活成一个谜了。

我只是一个谜面，而你可能会变成一个谜底。

我的故事应该是这样的：有人爱我，有人伤我，我爱后者，我伤前者。没有道理。

我的故事也有时候是这样的：某一天从床上醒来，看见小孩在哭，原来我是一个母亲。

也许我根本就没有什么故事可讲，我只是想写，不停地写。后来我发现自己写了那么多的文字，其实只是在重复地写两个字——恐惧。

也许"恐惧"这两个字太抽象了，从小到大我都深深地陶醉在它们的怀抱里，鱼相忘于江湖，我相忘于恐惧？

有关那个穿旧蓝色衬衫的男人，我开始知道的并不多。后来由于种种原因，不停得到补充，直到有一天和他在同一张床上相遇，我才真正理解活着的含义。

他是教美术的，据说上他的课很有意思。学生分为两派，一派在聊天、打闹、吃零食，另一派集体扭头托腮，普遍用空洞眼睛瞭望窗外的风景。老师在讲台上授课，一会儿用旧蓝色的背部对着学生，一会儿卷起旧蓝色的袖子，夹着粉笔的修长手指，指向无尽深远的黑板。有的学生闲来无事打了个哈欠。有的学生对老师永恒不变的旧蓝色产生深深的厌倦。有的学生在课桌底下写着激动人心的黄色纸条。其中有一个女学生把两只新皮鞋抖出粗俗而又性感的韵律，这个女学生将来会被时间补充，会被搞大肚子，最后被迫转学，但她并不确定，她的新皮鞋是否走过她命运分岔口的关键一脚。

紫红唇

"哎哟……"唐烽听到一声娇滴滴的叫唤，它来自一张抹着紫红色口红的性感小嘴。这声娇滴滴的叫唤变换了几种不同的频率和节奏，一直绵延到夜晚，并且让唐烽有了一次不错的性高潮。

紫红唇没有穿丁字裤，因为她根本就没有穿裤子，她可以给唐烽带来的刺激非常短暂。唐烽的兴趣在于将脱未脱时的短暂迷惑，一旦脱去就索然无味。永远都是这样，习以为常的女人习以为常的做派，让他在高潮之后陷入了更大片的空虚。

　　由于紫红唇是唐烽故意不按照胖子助理的安排自己遇见的美女，上床之前他没硬邦邦地命令她卸妆，他只是轻声说了句："去把口红擦掉吧。"但是紫红唇从洗手间里出来，眉眼是洗干净了，嘴唇却仍然是紫红色。唐烽盯着她的嘴唇没有说话，干干地坐在茶几旁的藤椅上。

　　紫红唇不好意思地说："口红不是涂上去的，是文上去的，是擦不掉的。"然后她主动爬上唐烽的大腿……

　　空虚之后是另一片空虚。

　　后来紫红唇穿好了衣服，举着一面小化妆镜小心翼翼地化妆。唐烽毫无困意浑身倦意，他觉得紫红唇的化妆镜跟绿眼睛的化妆镜一模一样。他从来没有注意过化妆镜的细节，化妆镜就仅仅是一面抽象的镜子，所以他可以在紫红唇的化妆镜里看到绿眼睛，也可以在绿眼睛的化妆镜里看到紫红唇，甚至看到蓝帽子，甚至看到丁字裤。

　　事情似乎就是这样，她们踌躇满志地描画她们的眼皮，似乎只要努力画，就一定能画出一个绿油油的明天；她们一丝不苟地涂抹她们的嘴唇，似乎只要用心涂，就一定能涂出一个红得发紫的未来。小林姑娘没什么可画的，没什么可涂的，也没什么可举的，当然也就不会有什么带颜色的世界在向她招手，当然她只有死路一条。

　　紫红唇告诉唐烽她其实是一个在读大学生，卖身是为了两件事：买 LV 包和攒钱整容。

"唐先生，你虽然有钱，但你的空虚和孤独并不比我少。我还有个追求虚荣的念想，你有什么？"

唐烽没有心情听她说什么，他正把手伸进口袋准备掏钱给她，当听到她叫他"唐先生"时，就把手空空地退了出来。

紫红唇离开后，唐烽给胖子助理打电话。

"爷我没骗你，出了酒店大门往左拐走 300 米确实有一个公园，公园里确实有美女，当然——"胖子助理扬扬自得地说，"当然，我并没有告诉你往右拐没有美女啊。呵呵有趣的是无论往左还是往右，都有美女等着被爷打捞出来。"

"如果我不是往右而是往左去那个公园，会打捞到什么？"这句话是唐烽把电话挂掉后对自己说的。

第3页

可能我一生下来就是老的，现在记忆器有些生锈了，所以不记得更早时候的老，具体怎么表现。现在的我，依赖岁月的古旧气息，竟然一点一点年轻起来。

当我年轻的时候，我害怕光线，走在青天白日的大街小巷，浑身肌肉收紧，充满莫名的恐惧，路上每个行人都被阳光照耀得又大又亮。依稀记得，那时我是个小姑娘，长发披散，尽可能地遮住两边脸颊，脸色苍白，瘦骨伶仃，无论春夏秋冬一律长衣长裤。那时我最喜欢阴雨天气，撑着黑旧的大伞，在行人稀少的马路上漫步，脸上露着诡异的笑容。阴晦的天色遮住我，串串的雨帘遮住我，大大的黑伞遮住我，长长的衣裤遮住我，垂挂的长发遮住我。我窝藏了自己，我安全了……

　　只有一件事是藏不住的：头痛。它是我的影子。自从它在阳光下把我认出来，就对我不离不弃。我完全相信，它会毫不留情地对我从一而终。

　　那天早晨，我起得出奇的早，没有任何预兆地早。我没有戴眼镜就上街了，当然这不是第一次。早晨的雾薄薄笼向我，我喜欢这种微弱的天真情调，于是步履中有了一丝不易察觉的放肆，总之感觉轻盈起来。我在过斑马线的时候，发现马路左右的汽车并不多，我轻轻地走了一下神，还捋了捋脸颊两边的头发，微风轻柔地扫了扫街道，把一颗沙子吹进我的左眼，我正走在斑马线上，眯起眼睛，来不及想什么就停住了脚步。当我的左手举向左眼要揉搓的时候，一部正在行驶的汽车撞了过来。我来不及想什么就倒在斑马线上，在失去意识之前我发现自己的视力突然变好了，斑马条纹竟然如此清晰，刚被雨水清洗过一般，问题是已经好几天没有下雨了。同时我还想起了自己衣柜里有一件条纹 T 恤好久都没穿了，这件 T 恤的斑马条纹跟自己身体下面的斑马条纹太像了，简直一模一样。

　　我不确定接下来发生了什么。事后听说的血，并没有在我的视线里真正地红过。病房里除了嗡嗡嘤嘤的声音和刺得眼睛辣辣的灯光，就是一些走来走去的屁股。听诊器冰冷，针头却混淆着棉花般的柔软……我并不确定我十二岁那年是否在夏令营过暑假。沉默寡言，天然古怪。我为什么去洗手间，并不重要；一个同龄男孩为什么把一罐过期发臭的牛奶泼向我，也并不重要。我很少喝牛奶，在我的记忆中牛奶就是豆浆。别人的童年或许与牛奶密切相关，我的童年，就是这罐发臭的牛奶。世界向我敞开了,臭的。牛奶为什么是臭的?我的童年遗臭万年。

我不确定还会发生什么。当我昏迷高烧几天几夜(谁在乎几是几?)醒来,痛已经稳稳驻扎进我的脑袋。头痛。头痛。头痛。从此,不管是隐痛、阵痛、跳痛还是拐弯抹角的痛、声东击西的痛,都深深溶解在我的漂浮着臭烘烘的牛奶的时间河流里。

吴剪剪 & 小林姑娘

右拐是紫红唇,左拐是谁?对命运分岔口的好奇心隐隐作祟。唐烽走进了公园,看到了大片的人造风景,大片的红花绿柳,大片的花红柳绿的人群。

池塘是混浊的,上面漂浮着塑料袋、橘子皮、牛奶纸盒之类的垃圾,池塘边有一座似乎是少女低头看书的白色雕塑。雕塑底下有一个石椅,石椅上坐着一个低头看书的女子,穿着素白的连衣裙,长发垂下来,遮住大半脸颊。

唐烽故意走过去,在她前面停住脚步。她一定能看到他的皮鞋和半截裤腿。他穷极无聊地端详她膝盖上的那本书,除了密密麻麻的铅字,并不能看出其他什么来。

"我姓唐。"唐烽的声音低得像在自言自语。

白衣女子缓缓抬起一张清清淡淡的脸,脸上既无脂粉也无任何表情。然后低头继续看书。

这位显然不是陪游女郎。她没有基本的职业素质,也没有对唐烽卖弄职业风骚。

她不是被安排来的。唐烽竟然因此而高兴起来。

她没有脂粉，干净得连表情都没有，她冷清清看书的样子，散发着无以名状的巨大陌生感。

"你在看什么书？"唐烽想紧紧抓住这份陌生感。

白衣女子没有回答，但很利索地把书的封面亮在唐烽的眼前——《爱因斯坦的梦》，一本超级陌生的书。

唐烽正在脑海里组织下一步的搭讪语言，却听到白衣女子说："我，可以跟你走。"

唐烽的脊梁骨凉了一下。

"跟我走？去哪里？"他说。

"你，也可以跟我走。"女子的脸上依然没有表情。

"你去哪里？"唐烽问。

"一个好地方。"女子说，"我在等一个姓唐的人，带他去一个好地方。"

"如果我不姓唐呢？"

"你可以不姓唐。"

"我不认识你。"

"我也不认识你。我在等一个不认识的人。"女子说。

"我不姓唐，我姓张。"

"我姓吴。我们现在已经认识了。"

"我晚上要坐飞机去C城。"唐烽说。

"我也是。"

唐烽觉得自己受骗了，但不知道谁骗了他。胖子助理让他往左，他不愿意被安排，就偏往右，结果遇到了紫红唇。紫红唇不是真正的陌生人，但遇到紫红唇既成事实，如果当时没有往右就不会遇到紫红唇，但不知道会遇到谁。他后悔当时没往左，所以后来重新往左，希望遇到真正的陌生人，但遇到的是吴剪剪，一个最像陌生人的假陌生人。他觉得吴剪剪认识自己。

唐烽和吴剪剪在公园相遇，当晚一起乘坐开往 C 城的飞机。

在 C 城的第一晚，按照惯例唐烽应该临幸陪游女郎吴剪剪。他敲了她的门，她在里面问："谁啊？"他说："开门。"她说："我已经睡了。"他说："开门，今天轮到你了。"她说："我已经睡了。"他说："但你现在醒了。"她说："醒了可以再睡。"他说："睡了可以再醒。"

他们像对暗语一样在门里门外折腾了一会儿。唐烽觉得纯粹浪费时间。他挖出了潜伏于自己内心深处的狰狞："如果一分钟内你不把门打开，我就炒了你，你马上给我滚！"

59 秒后，门打开了。

唐烽进门后用脚狠狠地把门踢了一下，门就砰地一下关上，这位陪游女郎却毫无反应，双目低垂，表情冷漠呆滞。

"你叫什么名字你是吃干饭的吗你来干什么来游山玩水吗告诉你吧你是来被玩的懂吗你收了钱就要用职业操守来服务你要做的就跟她们一样卖笑脸卖肉体卖青春卖风骚卖白天卖黑夜卖过去卖现在来换取一个美好的未来你到底叫什么名字？"

"吴剪剪。'剪刀'的'剪'。"

"不好听！谁给你取的名字？剪刀是不是太锋利了？准备吓唬谁？"

"我妈妈取的，她是一个理发师。"

"哦，这样就可以理解了。你妈妈一定比你专业比你尽职。"

"是啊，你怎么知道的？"她的声音有懒洋洋的味道，但表情是坚硬的。

唐烽觉得她如果不是智商太低就是智商太高，他有一种被侮辱的感觉。但他懒得多想，现在已到调情时间，于是他换了一种说话口吻：

"我今天的心情本来很好的，被你搞坏了，你说怎么办呢？"

吴剪剪没有回答，嘴角轻微嚅动，脸上浮现一丝稍纵即逝的轻蔑，但被他的眼睛牢牢捕捉。

唐烽生气地说："我讨厌你这种态度！你！要么弥补，要么滚蛋！"

吴剪剪淡淡地说："对不起。"

连道歉都这么心不在焉，算了，唐烽懒得再生气下去，他是一个单纯得没有什么耐心的青年，这个夜晚他已经被她搅得毫无兴致。

他回到自己房间，独对黑夜。黑夜是个黑色的大蛋糕，切成三块，一块属于女人，一块属于舅妈的笔记本，一块属于自己。其中最后一块最难吃，也最难消化，但必须吃，天天吃，这是生命的准则，但他从来不明白。失眠的人啃着难以下咽的巨大的黑蛋糕，这也是生命的准则，他讨厌这个准则，他不想做失眠的人。

唐烽没有让吴剪剪滚蛋，有一个不可告人的原因。不是因为迷恋她的女色，女色大同小异，他可以在绿眼睛、紫红唇或者随便什么女人身上开采大批大批的女色。吴剪剪没有职业道德，错过展露女色的机会，当然也意味着将错失一笔钞票。唐烽并不真正关心她的职业素养和应得酬劳，他想再给她一个机会，是有一个不可告人的原因：他总是能在一个女人身上看到另一个女人。这件事想来有些荒唐，但或许跟他理解世界的独特视角有关系。在绿眼睛身上他看到了蓝帽子，在紫红唇身上他看到了丁字裤，而在吴剪剪身上，他看到的竟然是那个自杀了的小林姑娘。

他不能在吴剪剪和小林姑娘之间看出什么具体的关联，他甚至不知道她们的脸是否相像。他还没来得及看清小林姑娘的长相，她就突然死了。一个人的死，怎么可以那么随意、那么轻浮、那么蜻蜓点水？对于小林姑娘，他想不出更多更具体的东西，但他在吴剪剪身上看到了小林姑娘。他觉得命运是一个无聊的漩涡，把他卷进去，或甩出来。他反反复复地想，却怎么也想不出新意来，于是进入舅妈的笔记本——那份加长版遗书。

第7页

我一直觉得，头痛是上天跟我开的玩笑。

我的头痛时轻时重，无预兆，无规律，不召即来，不挥自去。有时是浅浅的针刺样锐痛，像一株仙人掌在摩挲我的头；有时是上蹿下跳式的阵痛，像黑人鼓手在我头上打着动感十足的架子鼓；有时是两侧紧张式夹痛，像唐僧对我嘟嘟囔囔念起紧箍咒……

在所有的头痛中，我都会闻到一股遥远的童年的臭烘烘的牛奶味。痛消失后，明知痛还会再来，却永远不知何时来。在两次痛的间隔里，我痛定思痛，苦苦追想前痛，憧憬后痛。

有位小说家说："一个人一生的痛苦和奋斗只不过是个笑话而已。"上天老跟我开玩笑，渐渐地我就会爱上这个玩笑，渐渐地我就跟玩笑融为一体了。

有一次我正在上课，讲到《狂人日记》，突然闻到臭牛奶味，我就知道它又来了。头痛。头痛。头痛。我说过它是我的影子，自从它在阳光下把我认出来，就对我不离不弃，而且会毫不留情地对我从一而终。

没办法，我必须爱上我的影子，爱上这个玩笑。

有一次我正在学校开会，这个会议是关于某女生被搞大肚子事件的。校领导个个神情严肃。这时候我的影子来了。

过不了多久，学校又开了一个会，是关于如何改善学校不良风气的。我的影子又来了。

过了一段时间，学校又开了个会，关于如何惩处流氓教师的。这个会在学校最大的会议室召开，前后两扇大门关闭着，窗户也没开，密不透风的空间里有一种阴森森的压抑感。这个会开了很久很久，所有校领导、教职工都在场。

这时候我的影子又来了。这次它的脚步特别轻盈，刚开始如清泉汩汩，不像痛，像痒，甜的。痒慢慢爬着爬着，就爬成了轻描淡写的痛……

校领导和老师们一个挨一个围坐了三排，中间有一抹旧蓝色，便是最近学校里赫赫有名的流氓教师了。

我亲爱的影子，我的头痛越爬越勇敢了，牛奶越来越臭了，我忍不住皱起了眉头，忍不住用手指抓自己的头发……在这片痛中，我看见世界是一个圆形的迷宫，美术老师正是迷宫的中心。

我听见校领导们大声呵斥，老师们同声附和。"严惩流氓犯""不要脸丧尽天良""道貌岸然衣冠禽兽"等声音此起彼伏。我看见美术老师的旧蓝色衬衫已经湿了，胸前湿成一块深蓝色的世界地图。我一边使劲地抓自己的头发，一边瞪大眼睛仔细看着这块地图，仿佛要看出什么深奥的人生真谛来……在这荒唐的场景中，我童年的牛奶臭到了巅峰，我想我该找个机会告诉美术老师：别怕，这是一个玩笑。

会议虽然开了很久，但终究会结束。会议结束的时候，我的头不痛了，但头发已经被抓得像把破扫帚，使我看起来像个倒霉蛋。美术老师在人群的迷宫中看了我一眼，偷偷给了我一个极其短暂的不易察觉的笑，我的心疼了一下。我也回赠给他一个笑，当然我的笑比他的笑可以长一点宽一点，因为我不是迷宫的中心。我坚信，这一来一回的奇妙之笑，专属于两个倒霉蛋。于是我立刻决定了一件事：爱他，并且永不改变。

好玩的人

躲在舅妈的笔记本里，唐烽忘记了现实世界里很多赤裸裸的无聊事，这使他平静，使他获得一些睡眠，同时也获得梦境。

走出舅妈的笔记本，唐烽除了饿了要吃、渴了要喝、尿急了要上厕所、性欲积累到一个高点了要发泄之外，他的世界一团灰蒙蒙。后来在这团灰蒙蒙中，他听到了吴剪剪的声音：

"对不起。"

这是他讨厌的语调，毫不修饰、毫无内容的语调，因为没有内容，反而泛着彻骨的寒意。这样的语调，出自一个貌似陌生的陪游女郎，让他有一种莫名的恐惧。

他始终觉得她认识他。或者，她是小林姑娘的影子。

世界上最可怕的，是那些尚未发生的事。

唐烽拨通了胖子助理的电话。他想知道吴剪剪的底细。

调查的结果是：吴剪剪，理发师之女，家世清白。理发师母亲得重病，需要钱治疗，所以吴剪剪应聘做薪水不低的陪游女郎。

最关键的一条：她和自杀的前职员小林姑娘之间，并不存在任何关系。

旅行只能继续。

在从 C 城到 D 城的飞机上，唐烽跟吴剪剪严肃地讨论了她的职业道德。

他说："你为什么来做这份你并不擅长的工作？"

她说："工作不分贵贱，而且我觉得我做得挺好。"

"挺好？你在开什么玩笑？"

"唐先生，我不喜欢在工作的时候开玩笑。"

"工作的时候？我的天！你真是没意思！"

"唐先生，那你为什么不炒了我？"

"谁说不会炒你？我告诉你，要不是看你可怜，我早就炒你一百回了！"

"感谢你可怜我。"

"看你那副可怜的样子！真没什么意思！"

"不是的，我挺有意思的。"

"鬼才相信！"连唐烽也不知道自己的气急败坏是不是装出来的。

"那要看你怎么理解'鬼'这个词了。"

"那你说。"

"人如果足够丑恶，就是鬼；鬼如果足够善良，就是人。"

"哈哈哈……谈不上创意，但还蛮好笑的！"他居然被她逗乐了。

"在你的世界里，除了好笑不好笑，没有其他东西了吗？"

"你的工作内容包括跟客户顶嘴吗？"

吴剪剪咬着嘴唇默然不语。唐烽第一次认真看一个女孩没涂口红的嘴，一时呆住了。吴剪剪看到唐烽在看她，脸马上红了。唐烽的视线转移到她羞红的脸颊上，但他分明看到的是小林姑娘，真的是见鬼了。

他们两个都沉默下来。几分钟后，唐烽毫无预兆地搂住她的腰，在她脸上亲了一口，她还没缓过神来，他已经抬起脚迅速往卫生间方向走去，走到一半还回过头冲着她扮鬼脸。现在他给自己的概括应该是：低调的喜怒无常的放浪形骸者。

这时吴剪剪听到了自己短促而尖锐的惊叫声。虽然她尽可能快地捂住了自己的嘴巴，但还是惊动了机舱里的许多人。他们用惊讶而鄙夷的眼神看看吴剪剪，又看看唐烽。唐烽满不在乎地叫道："看什么看？大惊小怪！"并且指着吴剪剪对大家嚷道："你们知道吗，那个女人，可不简单！"接着机舱里出现了一点小骚动，有些人摆好了看戏的架势，有些人议论纷纷，嗓音越来越大，直到空姐过来维持秩序，紧张气氛才得到缓解。

吴剪剪呆呆坐在座位上。当唐烽从卫生间出来仍然坐回到她旁边时，她也没有太大的反应。

唐烽凑到她耳边说："我明白了，最不好玩的人，其实是最好玩的！"

"不好玩，真的不好玩。"吴剪剪脸上的红已经褪去，苍白的脸上没有一丝一毫的表情。

"你陪我是按天计费的，看在钱的分上，就给我一个笑脸吧。"唐烽的语气似乎变软起来。

"对不起。"她的语气却又冷又硬。

"妈的。"他想马上叫她滚蛋，但他没那么做。他很少压抑自己的情绪，现在却这么做了。

"这样吧，我带你去一个地方。"她的表情和语气分明都凉飕飕，但他看到一丝奇异的光在她眼中一闪而过。

"什么地方？"

"缠禅村。"她说。

唐烽觉得这个名字似曾相识。

"好吧，我去，反正对我来说去哪里都一样！无所谓时间，无所谓地点……不过，我有个条件——"

"什么条件？"

"从今天开始，你拿出点职业素质来！"

"你认为我——是——妓——女？"

"别误会，我从来就不鄙视妓女，现在可是妓女时代了！妓女文化已经占领了整个社会，各行各业的人的行径都跟婊子没什么不同。有钱人就是嫖客，没钱人就是婊子，这就是大环境！"

"我不懂你在说什么！我只知道我不是！而且永远都不会是！"

"那你是什么？"

"除了妓女，我什么都可以是。"

第13页

老师给小莉买了一双新皮鞋，让小莉早熟的身体可以经常站在它里面。小莉像所有招摇的女生一样，喜欢穿超短裙，用一根乌黑的腰带把腰束得细细的，走起路来胸脯挺得高高的，时不时跟男生打情骂俏，时不时发出尖叫声，好像正在享受一场惊悚的性爱。

关于老师和小莉的故事有好几个版本，在校内肆意传播，如同校园里泛滥成灾的三角梅。所有人都认为男主角是美术老师，只有我知道男主角其实是体育老师。

有时头痛来找我，我就在臭烘烘的牛奶味里，看到他们一遍一遍相遇、调情，然后干柴烈火。但我不知道干柴如何烈火，怎么想都想不出来，只好用真正的火烧干柴场面来代替。事情就是这样，当喻体不能解释本体时，就用本体来解释喻体；当谜面猜不透谜底时，就用谜底来猜测谜面。于是眼前一片艳艳火光，柴在火中嗞嗞作响……

体育老师跟美术老师有一样的高大身材，一样的寸头，一样黝黑富有光泽的皮肤。事情也许是这样：当他脱下衣服的时候，小莉觉得他是体育老师；当他穿上衣服的时候，小莉走了一下神，就以为他是美术老师了。事情也许是另外一个样子：小莉脱下新皮鞋，跟体育老师干柴烈火；穿上新皮鞋，就怀孕了。她上美术课的时候，摸着微微隆起的肚子，抖着穿着新皮鞋的脚，看着旧蓝色衬衫里面的美术老师，双眼迷离，拼命发呆，于是就想出了一条栽赃陷害的妙计。

事情的真相或许是这样：有一天晚上我到体育老师的宿舍里施展美人计，体育老师为了证明自己的男性魅力就对我一五一十和盘托出了。

在他的讲述中，我看到许多刺激而粗俗的画面。这时刚巧头痛又来找我，我做出本该有的反应，把痛淋漓尽致地表演给他看，他就傻眼了，我就趁势离开他的宿舍。

但是体育老师从不记得有这么一个晚上。根据某个国家古老的定理——不记得的事情等于没有发生过——真相就没有浮出水面的可能了。

后来我走进美术老师的宿舍，待在那个沉默寡言的倒霉蛋身边，陪着他沉默，陪着他倒霉……看时间不早了，就打了个哈欠。他看了我一眼，用我曾经说过的话来安慰我：

"别怕，这是一个玩笑。"

如果我们肩并肩在校园里散步，就能吸引来很多目光，因为他们就是想破脑袋都想不到我为什么要跟一个流氓在一起。我喜欢他们的不理解甚至误解，我想象着他们眼中的被歪曲的自己，感到无比骄傲。

但美术老师似乎并不骄傲，我在他脸上看到了一句古诗："水是眼波横，山是眉峰聚。"于是我拉着他离开校园到附近的公园里散步，那里全是陌生人，没有人注意我们。这时我仔细观察美术老师的侧脸，发现眉头是松松的，眼睛是木木的，鼻子是直直的，感到很满意。美术老师并不擅长散步，更加不擅长跟女士一起散步。他腰背挺直，步履匆匆，却一步一个脚印，让我很想在他胳膊上狠狠捏一下，捏出青苔般的瘀伤来。

他仍穿着旧蓝色的衬衫，为了跟他更像一对儿，我刻意穿了一件蓝色连衣裙。我说："你喜欢巴赫吗？"他点点头。我说："你喜欢陆游吗？"他说："嗯。"我说："你看我们衣服颜色一样哦。"他说："对不起，我最近没什么心情……"我就用自己也不相信的话来安慰他："没事，他们迟早会搞清楚，真相迟早会揭开的。"

走着走着，我的腿开始酸了，和美术老师拉开了距离，从肩并肩，变成了一前一后。这样我就可以在后面偷看他，看着看着就看出了一点问题，原来他的腿那么长，裤子那么灰。

我看入了迷，掉了队，于是小跑几步跟上他，发现他的侧脸上又出现了那句古诗的意境，"水是眼波横，山是眉峰聚"。

我问他怎么了，他温柔地摇头。

过了一会儿，我又问他。

他走了好几步，才呆呆地说："没什么，鞋子里进了一粒沙子。"

"那为什么不抖出来？"

"我在感觉这粒沙子。"

"难受吧？"

"嗯，我在想这个问题。"

我哈哈大笑起来。同时在心里说：倒霉蛋，我爱你这件事，可是铁一般的事实啊。

绳

下了飞机，过了安检，已是深夜。按照惯例，唐烽和吴剪剪应该一起钻进胖子助理预订的开往酒店的小车里。

D城的灯火与A、B、C城基本雷同。高楼大厦林立，理直气壮，又毫无新意，招牌上镶嵌彩灯，向四处散发着耀眼的乏味之光。

刚才在机舱里关于妓女的论争，让他们各自心生芥蒂。预订的白色轿车停在机场外面的马路上，敞开的白色车门，如同暧昧夜色里伸出的一条白手帕，却有一股廉价愚蠢的白色塑料袋的质感。唐烽本来在飞机上已经暗暗决定要炒掉这个没有职业素质的女人，但临下飞机时发生的一件事，让他突然改变了主意。

这件事是从吴剪剪的旅行袋开始的。这个旅行袋是绿色的，款式陈旧，质地粗糙，边角处的脱线和磨损，把主人的穷酸气暴露得一览无余。当吴剪剪第一次拎着这个旅行袋出现在唐烽视线里时，唐烽就本能地生出一丝厌恶。他喜欢美女、美食、美服，从小到大都用高档精致的东西，所以他厌恶简陋粗糙的东西。

临下飞机时，吴剪剪从行李架上把旅行袋往下拿时，它不小心掉了下来，它实在太旧太粗太劣了，一掉地上就散了架，像一只实验室里被开膛破肚的青蛙，里面的五脏六腑翻了出来：几件衣服、几本书、一包纸巾、一袋话梅、一个充电器、一支水笔、零零碎碎的洗漱用具，还有一根扎成一束的绳子。

绳子。

吴剪剪蹲在地上，正慌张地把它们一件一件捡回青蛙肚子里，唐烽弯腰一把抢过绳子。漂亮的绳子。三色交缠，不粗不细，华丽精致，两端是丝丝缕缕的流苏。绳子。童年的绳子。唐烽有些眩晕。

时间凝滞，又解冻，又聚拢，荡漾着，又作鸟兽散……过去，现在，未来，混沌成一个透明的古老琥珀。昆虫在树脂里，如同舅妈在阁楼里……

舅妈说："别怕，这是一个玩笑。"

一辆红色轿车从身边飞驰而过，击碎眼前幻影。唐烽把吴剪剪拉进白色轿车，用自己全身的力气、全身的毛病和全身的虚无，对她说："去！你去哪里，我去哪里。"

第18页

正如所有美术老师一样，他当过美术老师；正如所有语文老师一样，我当过语文老师；正如所有男人一样，他有洗刷清白的欲望；正如所有女人一样，我有忍受痛苦的义务。他倒霉的杂草伸向远方，我在臭牛奶味里虚度光阴。某一天，阳光特别凶猛，刺向每一个即将到来的未来。我猜测未来的味道，也许是全世界的过期臭酸牛奶爆炸的味道。这一天，阳光毒哑了整个学校的心智，世界依旧是个迷宫，美术老师依旧是迷宫的中心。

开除。这两个汉字，终于毫无悬念地绽放。阴霾的裂口，擦着荒唐的火花。"流氓教师"被唾沫的迷宫包围，旧蓝色被跳跃的彩色包围。迷宫又大又深奥，透着浓浓的隔夜的紫菜汤味，和压缩了十万头猪的猪肉干味。

美术老师被驱赶到自己宿舍门口，被要求当天把所有东西清理搬走。他们要把他清扫出门。

下午我偷溜进他的宿舍，看到一片废墟，而垂头丧气的美术老师是废墟的中心。满目疮痍。我觉得自己该给点建议。

墙角有几幅素描和几幅蒙着白布的油画。素描的内容一看就懂，一条灰蒙蒙的狗，一只灰蒙蒙的梨子，一个灰蒙蒙的脸盆，一双灰蒙蒙的布鞋。至于油画，我曾经揭开白布看了一眼，哇一声，两腿发软，眼前一黑，又瞬间一亮，头就随着画里的图案转起来……这时美术老师扶住我，让我定了定神，我就顺势靠在他旧蓝色的宽阔胸膛上，闻他身上的夹杂着颜料味的汗味。

美术老师站在废墟的中心，两条长腿像一个孤独的圆规。他指着废墟说："都丢掉，都丢掉，这些画，全部烧掉！"我摇头说："不行！这些画得留着。"他沮丧地说："留着没用，我被开除了。"我说："有用，有用。"他又说："没用，没用。"我说："有用有用，它们可以治我的头痛！"

关于美术老师的画能治我的头痛这件事似真似幻，连我自己也搞不太清楚。我是这样给美术老师分析的："当我头痛的时候，吃什么药都没用，看了你的油画，准确地说是看了你画里的圈圈啊曲线啊色块啊，我就发晕，脚都站不住了，于是头痛和头晕展开比赛。如果晕＞痛，晕－痛＝小晕；如果晕＜痛，痛－晕＝小痛。也就是说，晕和痛不管谁赢谁输，结果都是令人高兴的。所以，你的画能治我的头痛。"

美术老师半信半疑，但同意不烧画。我高兴地跟他一起整理要搬的东西。他的宿舍比体育老师的宿舍简陋，没什么值钱的东西，但体育老师不需要搬东西，他也许正在往宿舍里添东西呢。小莉打了胎转了学，不知是否仍然穿着那双新皮鞋。倒霉蛋美术老师成了体育老师的替身，被学校开除并吊销教师资格证。体育老师既不倒霉也不会头痛，在操场上吹口哨，教学生怎么增强体质，也许顺便教女学生一些生理知识。

在美术老师的宿舍里，我把他床上的被褥一个个叠得整整齐齐，然后用绳子捆住。最后发现少了一根绳子，我东摸西找，终于从床角摸出一根来。这根绳子可真好看，我从来没看过这么讲究的绳子，有模有样，摸着感觉滑滑软软的。用它来捆被子不只奢侈，简直滑稽。

天越来越黑，我叫它"黑里俏"。"黑里俏"一直黑下去，黑得让人忘记自己的眼睛。这时候，美术老师便永远地变成了前美术老师。"别怕，"我说，"这个玩笑还没完呢。"

　　而我，要写真正的小说了。

第三章：缠

剪　刀

在吴剪剪的叙述里，缠禅村是一个迷宫。如果没有专人带路，外人一定会迷路，村民从自己房子里走出来，常常要考虑走什么路线才能抵达目的地，到了目的地办完了事，仍要考虑走什么路线能回到自己的房子。老村民偶尔迷路，新村民偶尔不迷路。

"但我从来不迷路。我是一把剪刀。"

二十多年前，吴剪剪的母亲在海边开了家理发店。有一天店里来了个男客人，剪完头发没有立即离开，而是在店里住了整整一周之后才离去，并且永远消失了。十个月后一个女婴在理发店诞生，取名为吴剪剪。

吴剪剪在海边的理发店里长大，从来没见过她的父亲，连一张父亲的照片都没见到。她只能在所有来店里理发的男客人身上，幻想着父亲的样子。这是她长久以来唯一的私密游戏。

后来母亲患上失眠症，整夜整夜睡不着觉。母亲越来越精神恍惚，客人越来越少。终于有一天母亲剪掉了客人的半只耳朵，血溅到镜子上，玫瑰在镜面上瞬间开放，转瞬又向下垂萎，一抹败红，了无生趣。

理发店无人敢再问津，只得歇业关门。曾经爱说话的母亲从此变得沉默寡言，几年后查出子宫癌的时候，吴剪剪正好大学毕业。

有一天吴剪剪在一根电线杆上看到一则卖肾广告。

她打了电话，找到那个贴广告的人，但那个人不舍得让她卖肾，要介绍她去一个可以赚钱的地方。他说那个地方叫缠禅村。

在吴剪剪的叙述里，缠禅村是一个圆形的迷宫。里面有许多一模一样的圆形回廊，每一个回廊的护栏边都摆放着花，一盆连着一盆，每一盆的间距都是 0.7 米，花盆里种的花的顺序是：三角梅—桂花—月季—三角梅—桂花—月季—三角梅……

"我母亲的心也是一个迷宫。她命名我为剪刀，是为了不让我迷路。"

理发师的情人

在吴剪剪的叙述里，缠禅村里所有房子的大小、形状、颜色以及门窗的样式都一模一样，甚至所有的窗玻璃都是浅蓝色，所有的窗帘都是深紫色。

除了回廊和房子，缠禅村里有很多一模一样的八角石亭，一模一样的石条椅子，以及一丛一丛相互雷同的细瘦紫竹。所有的道路都是圆形的石板路，路边种着丁香花、薰衣草以及叫不出名字的大树，树荫环绕，香气飘散，石板路中间则是大片的稻田。

这些都是那个海边理发店永远不会有的。

海风把所有海边的人吹得皮肤黑黑的，单单只把吴剪剪吹得越来越苍白。"白得像一个鬼。"母亲的一个男熟客在白色的理发围布里说。他有一个圆圆的秃脑袋，从第一次来理发店到后来共五六年的时间里，他的头发从来没有多过，也从来没有少过，是恒定不变的。他来理发店，脖子一围上围布，就开始不停地说话，吴剪剪的视线完全被他的嘴巴牢牢吸引。那是一只薄薄的小嘴，嘴上既无胡须，也无半点剃过胡须的痕迹。就为这一点，吴剪剪认定他不会是她的父亲。而且他太爱说话了，她坚信她不会有这样碎嘴的父亲。他不停歇的嘴，让人很想塞进一包瓜子，让他没完没了地嗑去。

在所有的时光河流里，海边理发店的生意总是时好时坏。来得较勤的客人的共同点是：1. 头发少，要么秃头，要么光头；2. 不年轻；3. 男的。

他们是母亲的情人，或称为资助者。吴剪剪从幼儿园、小学、中学到大学，都需要钱。钱。母亲一提到钱，眉头就皱起。因皱眉形成的川字纹，她每天需要用很长时间化妆来掩盖。她老是重复那些话："你是我生下来的，我只要睁着眼睛就不会丢下你。你最好趁我睡着的时候跑掉，跑得越远越好。不过你能跑到哪里去呢？又有谁来养活你？我告诉你啊，这个世上哪里都一个鸟样！"

在吴剪剪的叙述里，缠禅村的村民都颇有自由主义精神，神情都不太保守，部分村民似乎有点文化，言行举止颇有魏晋之风。在缠禅村走着走着，就能看到一个八角石亭，三五个村民围坐着喝茶、下棋。走着走着，又看到一个八角石亭，三五个村民摇着纸扇，举着葫芦喝酒，天气不热时仍拿着纸扇，但不摇。走着走着，看到紫竹边有一个村民在打太极，或者石条椅子上两个村民在窃窃私语，或者稻田里有七八个村民在耕种，或者田埂上有村里的小孩子在撒尿。

而海边理发店里总是放着当时最流行也最恶俗的歌曲，为了与母亲抗争，吴剪剪疯狂地迷恋那些已经死去的歌手的歌曲。她厌恶理发店的一切，包括自己的名字，因为它像一块永远也洗不掉的污垢，终日粘着她。

初中开始她学会用沉默抵抗她的母亲，甚至偷偷藏起店里的剪刀，让母亲面对客人头发时不知所措、手忙脚乱。母亲骂骂咧咧的声音在纷飞的毛发和庸俗的歌曲中虚虚晃晃。

她们吃住都在理发店里，里间有一张床，晚上母女俩挤着睡。如果母亲的情人来过夜，吴剪剪就不得不抱着被子到外间的洗头椅上睡。门板的隔音效果并不好，吴剪剪常被弄得睡不着。后来发展到她只要一看到母亲情人头上那恒定而稀疏的毛发，就会联想到一些恶心的场景。"他们的头发都上哪去了？难道被母亲一次性剪掉了？"来了又来，去了又去。剪不完的头发，剪不掉的恶心岁月。

不知从何时开始，她的书包里总会有一把剪刀。她的名字叫剪刀，她书包里有剪刀，心里也有一把剪刀。事情就是这样，她的生命充满恶狠狠的东西。

一个梦

她在荒郊野外的一间房子里整理行李，这里没有其他人。凌乱不堪的东西必须严格按照分类，塞进一个旅行袋里，否则就会前功尽弃。但没有人命令她，是她自己要求自己这么做的。而且是以一种特殊的分类方式——时间（3年类、5年类、幼年类、少年类、成年类），衣服，皮夹，水笔，手链，肥皂，指甲刀，书……东西似乎永远都整理不完，每一件东西都藏着她的回忆，每一个回忆都躲躲闪闪，跟她捉迷藏，她焦虑、烦躁、慌张……她突然回头，看到一个裸露上身的男人正盯着她，嘴角浮出暧昧而意味深长的笑容。她无法正眼看男人的肉，但她的眼光不得不反射这越来越逼近的肉……她喘不过气来，几乎要窒息，胸脯起伏得很厉害，以至于把他的视线吸引到那里。她的恐惧刺激了他的欲望……他笑笑说："这里只有你和我，没办法了。"她竟然也笑，发现自己的手被吸进旅行袋里，摸出了一把细长的红色剪刀……

还是梦

她醒在另一个梦里：

她跟另外三个女孩走在一条僻静的林荫小道上，突然闯出四个歹徒，他们发出狰狞恐怖的叫声。她们吓得仓皇乱窜，绝望和恐惧布满了整个梦境……命运却峰回路转，另外三个女孩被三个歹徒拖到不知什么地方去了，第四个歹徒，且称为 L，把她单独留下，看她的眼神很温柔，他似乎对她一见钟情……

突然降临的爱情使他快乐、幸福、颤抖，也使他恐惧、无奈和绝望。到处是他伤心、颓废的背影。她利用 L 的爱情，终于找到机会逃走了。

四个女孩的神秘失踪及她的无恙而归，使她成为大家心中的一个神话，她眉飞色舞、滔滔不绝地演讲自己的传奇经历。她还协助警方促使三个歹徒落网，三个女孩遍体鳞伤地被找回，她们扑进父母的怀抱哭诉这段时间所遭受的非人般的凌辱。而她却成为一个英雄被人传颂，至于歹徒 L 的所谓爱情，渺小得如同蚂蚁，早被她抛在九霄云外……

她和崇拜者们兴致勃勃地游山玩水，L突然出现在离她五十米远处，他冷冷地盯着她，眼中有哀伤、绝望，也有杀气，握着一把手枪。同伴们吓得惊慌失措，女人们尖叫起来，她直冒冷汗，却故作镇定。L一句话都不说，只是冷酷地看着她，她的眼泪一下子就泉涌而出，L的心好像又软了一下。他说："你逃走的那次，我在后面眼睁睁地看着你离开，我本想追上去抓住你把你杀了，或者把你的手砍断，让鲜血来告诉你你是多么的错误……但我没有那么做，因为我发现自己太爱你了，可是，你、你竟然跟警察合作要害我……"

她说："你这样东躲西藏总有一天要被绳之以法，为什么不能痛改前非重新开始呢？你自首吧，法官会轻判你的，然后你好好改造，争取减刑，我一定会等你出来，相信我，你出来后我们就可以光明正大地在一起了。"说到这里，她仿佛真情流露，感动了他，也感动了自己，她甚至差一点就以为是真的了。但怎么可能呢？这只不过是缓兵之计，让他束手就擒。结果她又一次胜利了，他乖乖地自首了，还傻乎乎地以为她会等他，简直是做梦！

吴剪剪从梦中醒来，就想：缠禅村的村民会做什么样的梦？

关于梦的问题，要到梦里去找答案。吴剪剪想起曾经坠入的更多的梦，但似乎并没有找到什么答案——

梦A：电视里播放一个男人和一个女人站在雪地里正说着话，不知怎么就滚作一团了。"水到渠成。"他说。他的表情很常规。窗外有一丝风，他没有一丝个性，他洗澡的时候，是一丝不挂的。就连这些，都没有一丝意思。

梦B：一个杀人犯，在逃。因为跟谁赌气，逃向一条危险的路，结果前面有人在检查身份证，为首的是一个佛门师父。轮到检查她，她一边把身份证递给他，一边说："我就是你们要找的人。"

她被关进一个寺庙里，寺庙环境很好，床跟宾馆里的一样舒服干净，那个师父天天晚上过来跟她聊天、吃点心。她的朋友在外面帮她走动，她隐约知道自己可能会被判死刑，也可能只判两年。后来他们告诉她死者的哥哥要见她。她决定去见他，路上遇到一个高大神秘的男子，说了一句什么话，好像是要告诉她无须害怕。她见到了死者的哥哥，他只是看着她不说话，别人问他，他说："我只想来看看她，我知道我们没有别的可能。"

梦 C：不爱穿裤子的女孩，坐火车的时候被偷了 200 块钱，她哭了。

梦 D：一个长相古怪的男孩总出现在她周围，偷偷观察她，又不敢靠近她……他不停地问她："你腰围多少？"她被问烦了，这个问题暗示什么？她疯狂地往回跑，看见他和一个女人已经滚到地上了，准备做点男女运动，她突然倒在地上，匍匐前进，喊"救命"……

梦 E：有人把一大包旧衣服扔在地上，她翻了翻，有些兴奋，她出门一趟，回来后发现衣服不见了，有人说："拿给表妹了。"她说："你表妹都有跑车了干吗要旧衣服？"她眼前闪过其中一条白裤子，她出去前想试试它，希望能把自己那条不太合身的白裤子替换掉。

梦 F："你喜欢人肉吗？""喜欢女人肉。""因为可以跟你互相补充。"

梦 G：开冰箱的时候，突然发现旁边还有一台冰箱，她打开它，里面有两个完整的西瓜，还有一大块已经切好的西瓜，这块西瓜一半是红色的另一半却是白色的……

记 忆

在吴剪剪的叙述里，缠禅村的村民中有各种职业的人，也有流浪汉、孤寡老人、被抛弃的孤儿……

村里除了垃圾车没有其他车辆，连自行车都是禁止的，拒绝霓虹灯、报纸、广告牌、电视、电脑、网络、手机……

但没有人知道缠禅村究竟有多少田地，多少房子，多少村民。

在吴剪剪的记忆里，大学四年她从不跟男生说话。

但有一段别人的记忆推翻了她的记忆：

傍晚时分，学生和教师去食堂打饭了。大学操场里只有稀稀拉拉的几个人，C举起望远镜，看到有三个男生在沙坑处练跳远、两个女生在旁边的石椅上坐着聊天、一个穿着白色短袖运动衣的女生在跑道上奔跑。C笑了笑，操场好圆，他站在操场的圆心正中央，身体转一圈，就能看到操场里所有的一切，有沙有草，有人有物。

他收起望远镜，跑到那个奔跑的女生跟前。她气喘吁吁地蹲下来。

"你好！"C打招呼。

"你好，偷窥狂！"女生头也不抬地说。

"哎呀，误会了，我不是偷窥狂，我是'色狂'。"

"什么？'色狂'？"女生抬起头，好奇地望着他。

"嗯哪。"C学着小品演员的腔调。

她被他逗笑了，但只笑了一秒钟，一秒钟后她就抓抓自己头发自顾自大步往前走了。

C 忙跟在后面说："你可别再次误会，'色狂'，不是色情狂。我是美术系的，热爱颜色成狂，所以……"

"随便你是什么，再见。"女生冷冷地说，看都没看他一眼。

"你刚才跑步的样子像一团火焰，好看。现在近看，不是火，是一块随便涂抹的红颜料，不好看。"

"你比喻来比喻去，到底想干吗？卖弄口才，还是卖弄口臭？"

C 下意识地捂住自己嘴巴："我就是想认识你，而已。"

"我不想认识你，而已。"她说。

"你这样拒人于千里之外，一定没有什么朋友，一定也没有男生会喜欢你吧！"

"男生？哈，我不喜欢男生，我喜欢男人，离我远点。"

"我猜男人也不会喜欢你。现在我是男生，等过几年我就是男人，所以我可以断定无论是男生还是男人都不会喜欢你的。"

"你还没完没了啦！叽叽歪歪真烦人。"

"我本来懒得跟你这样平凡的女生说话的，我一般只对校花级别的美女感兴趣。但今天我被你弄得心情很不好，我长这么大从来没碰到过你这样的人，简直……"

"简直什么？"

"我被你打败了，我不知你血管里流的血是什么颜色。"

"我可以让你看看。"她突然把手指放进嘴里用力一咬，然后把流血的手指递到他眼前。

"看清楚啦，什么颜色啊？"她语调轻松，眼神空无。

在别人的记忆里，有人问她长大了要做什么，她回答："长大了就突然消失，跟爸爸一样，让所有人找不到我。"

在别人的记忆里，大学时她和一位年纪大得可以当她父亲的教授搞上了。

在别人的记忆里，她是个古怪人物，独来独往。

在别人的记忆里，她在某位男同学父亲的葬礼上，挑逗这位男同学，使得他一次次跑去洗手间。

在别人的记忆里，初中毕业照上没有她，高中毕业照上没有她，大学毕业照上也没有她。

跳楼价

在吴剪剪的叙述里，缠禅村的村民不用买房、不用租房，也不怕失业。因为村里有免费的房子给你住，如果失业了，村里会提供基本的生活用品。村民可以在村里劳作，男耕女织。如果是孤寡老人，村里会派人照料生活起居。有人说，缠禅村简直就是一个现代桃花源。

吴剪剪大学刚毕业，就被告知母亲的子宫坏掉了。她风尘仆仆赶回家中，脸上还没来得及卸下大学生的呆倦，就即刻挂起一副白惨惨的、缥缈空无的愁绪。她并不知道如何能挣到钱，也从来没有爱过这个世界，却也没想过生活的轮廓可以那么奇形怪状。

她没有任何理由也没有任何机会逃脱自己面临的一切。她四处举债，变卖了理发店，跪在地上求母亲的娘家亲戚和街坊邻居先凑钱垫上母亲的第一笔医药费。之后吴剪剪就开始把自己当作一台机器，拼命寻找挣钱之路。

在大学生失业成为普遍现象的时代，她没有时间去别扭，去抱怨生不逢时，而是用最快的速度投入到最热火朝天的工作中去。

　　她先去了印刷厂工作。开始是在普通的工位，后来听说在高温工位的工资是普通工位的 3 倍，就主动要求换到了高温工位，主要负责将纸放在烘干机内过胶。烘干机温度很高，车间里非常热，没有电扇，也没有空调。汗液不断往外渗透，身体变成一个流水过滤器，而她苍白的皮肤则从早到晚泛着一层暧昧的红。她一天要干十几个钟头，一个多月后的一个中午，她突然昏倒在车间里。

　　醒来时，她发现自己还活着，觉得眼前这个世界很不真实，像一个梦。她想梦一定有出口，但她不知道从这个梦出去，或许会进入另一个梦。

　　印刷厂以她身体不好为由辞退了她，而她不挑工作，所以很快就找到了一份鞋厂的活儿。她被安排在鞋厂的泡棉组上班，负责将胶水涂在鞋底的工序。用刷子在鞋底刷胶，每次胶弄到手上，都不得不撕掉一块皮，而工厂仍嫌这种胶水不够黏，于是换了更黏更高浓度的胶水。

　　这份工持续做了半年，有一天，吴剪剪去洗衣服，突然感到手像触电一样，一阵阵发麻。其他工人也相继有类似的情况出现。他们开始以为是得了风湿病，后来有人怀疑是胶水中毒。其中一个工人瘫痪了。接着就有人反映到有关部门，接着有关部门派人来检测胶水的毒性，检测的结果似乎又没问题，接着有关部门派人来工厂摸底、巡查，只看到一批批人打电话、走来走去、填写报告、把眼镜推上鼻梁、趾高气扬、打酒嗝、剔牙、点头、挥手……这似乎也是一个梦。

　　吴剪剪醒来，又进入另一梦——电子厂。电子厂虽然没有高温工位，也没有毒胶水，但必须没日没夜地加班，否则就只能拿很低的工资。工人们每天都干得疲惫不堪，回到宿舍就像死尸一样睡过去，第二天又变成了僵尸，爬起来继续干活。电子厂每月从工人的工资里扣除伙食费，伙食却很差，都是一些烂菜，而且脏，像猪吃的一样。最经典的菜式是青菜炒虫，菜里好多虫子。肠胃弱一点的工人动不动就拉肚子，拉得肠子都绿了，脸上都灰蒙蒙一片。有人拉了一段时间实在撑不下去，只得卷铺盖滚蛋。

吴剪剪也疲惫不堪，也拉肚子。且她睡眠很差，深更半夜仍在睡梦边缘挣扎，隔三岔五会有凄厉的尖叫从她梦魇里泄露飘飞。尖叫声撕裂夜空，除此之外，就是死寂，仿佛死去的人在暗夜里大口大口地吃空气。

旧工人走了，就立即有新工人补充进来。她知道梦总也做不完，除非死了。而且下一个梦未必比这个梦好。所有的梦都是机械而贫乏的，除了熬，没有其他选择。

她只知道，生活是个奇怪的东西，是个蛮不讲理的东西。她没有力气去改变什么，时间是一条暗淡无光的线，未来总会熬成过去，什么都将被遗忘，什么都将被丢弃。

电子厂有13层楼，顶楼还有一个巨大的天台，天台上种了很多绿色植物。电子厂老板是当地著名企业家，时不时会出现在电视新闻里，每次上电视，都要拍摄这片绿，都要微笑着告诉全世界：他的电子厂怎样怎样好，绿色覆盖率达到百分之多少多少。

突然有一天，从这片骄傲之绿中，跳出了一个蓝——电子厂的工作服是蓝色的——一个身穿蓝色工作服的工人从天台上跳了下去，脑袋就像西瓜被砸烂，脑浆红红白白涂了一地。

不到10天，电子厂接连有4个工人跳楼。

这太梦幻了。不，吴剪剪觉得这就是梦境本身，太酷了，简直可以被评为最佳梦境。

电视开始不停地报道这个连环跳楼事件，而跳楼的人数居然还在持续增加。

电视机前的观众、网民、报刊的读者关注的焦点被媒体不断引导着，从工人待遇低，到工作环境恶劣，到加班时间过长，到伙食太差，到管理存在弊端，到剥夺工人自尊，等等。

这一阵子，旁观者们感到新奇，感到刺激，感到忧心忡忡，感到不可饶恕，感到愤愤不平，感到同仇敌忾……总之肾上腺素分泌过多，荷尔蒙也失调，内心深处升起或强或弱或严肃或玩笑的改变世界的念头。

而事件的当局者——电子厂工人们却依然井然有序地上班下班，甚至没有人愿意减少加班时间。他们麻木的表情和言行，与他们制造的电子产品如出一辙。

在这个热腾腾的梦境里，吴剪剪却感到莫名其妙的寒冷。她打电话给躺在老家医院刚刚动完手术的母亲说："我们这里有跳楼价，一个 40 万。挺值的。"

但吴剪剪不想让自己的脑袋变成西瓜，于是卷铺盖，离开了这个"最佳梦境"。

然后她在一根电线杆上看到了一则卖肾广告。

她想：肾是身体的一部分，卖肾也算卖身吗？

她又想：自己的身体是母亲给的，把自己身体的一部分出售换得的钱拿去换母亲的命，还有比这更合情合理的事吗？

她想明白了，就拨通了电线杆上的电话号码。但那个一脸猥琐的男人对着她左看右看了半天，却给了她另一个号码。这个号码通往一个叫缠禅村的地方。

"我还想积点德呢。"那看似猥琐的男人最后说。

镜　子

在吴剪剪的叙述里，缠禅村是一面镜子。人们站在镜子前，只想看到他们想看到的自己。白昼和黑夜在镜子里轮番上场，光和影时而冷冷相望，时而相互纠缠，时而分崩离析，时而此起彼伏。吴剪剪在镜子里看到了平静的水面，也看到了水面下沸腾的火焰，有时也看到蓝天慢慢褪色，看到乌云和闪电的惊险交媾。

有关镜子的种种妙处或不妙处：

1. 使理发师和客人的数目倍增。

2. 使理发师手中的剪刀数目倍增。

3. 方便理发师和客人交换眼神。

4. 使头发稀疏的客人看到轻灵飞动的剪刀，感叹生命如发、时光如剪，故萌发对理发师的依恋之心及交欢之欲。

5. 当我们看镜子，镜子也看我们；当我们不看镜子，镜子仍看我们。我们在镜子的注视下生老病死。

6. 镜子脏了，我们就看到了肮脏的我们。

7. 镜子破了，不能缝补，但可以粘贴，在重新粘好的镜子里，我们可以看到数目增加好多倍的我们。

8. 如果没有镜子，就没有镜中人；如果没有镜中人，就不知道自己是谁；如果不知道自己是谁，大家就会你我不分，就像一锅稀里糊涂的粥。

吴剪剪走进缠禅村又离开缠禅村，正如她入镜又出镜。后来她就去卖镜子。

她把镜子卖给理发店、百货商场、化妆品店、歌舞厅，也卖给别墅区里的人家。她卖各种各样的镜子，有小化妆镜、梳妆镜、穿衣镜、装饰镜，也卖可以显示主人气派的巨大墙镜。她有时上门推销，有时打电话联系客户，有时提着一个装满镜子的沉重的木箱子，孤零零地在马路上走啊走啊，走得脚指头辣痛，她就把木箱子放在路边地上，让自己和箱子并排，蹲下，喘气。

　　她努力卖镜子，因为母亲的子宫癌在等她赚钱治疗。每个人都从母亲的子宫里出来，子宫是每个人最原初的故乡，谁也逃不过。世界上有无穷无尽的人，但除了母亲，就是母亲生的。

　　吴剪剪卖镜子卖出了一点成绩，交了一部分的医药费。她更加努力地卖，有一次遇到了一个大客户。这个客户住在一个很大很豪华的别墅里，所以她需要很多很高级的镜子。

　　但是这个客户脾气古怪、喜怒无常，她一会儿要这种，一会儿又改成另外一种，当最后敲定要付定金的时候她又说马上要出差，让吴剪剪先垫上定金并且把镜子安装到她别墅里。当吴剪剪装好了镜子一个月后，这个大客户才出差回来，一回到别墅就哇哇大叫，说："这些都是什么玩意儿？都错了！全部给我拆掉！"吴剪剪小心翼翼地问她哪里错了，大客户虽然说不出来，却仍然蛮不讲理、凶巴巴地要求全部拆掉。谁都知道，镜子拆了就等于是废品了。她们吵了起来，最后不欢而散。

　　回去后吴剪剪越想越不对劲，她算了算，垫付的定金、安装费和昂贵镜子的价值，加起来不但会要了她母亲的命，也会要了她的命。她哭了一场，擦干眼泪。第二天又哭了哭，眼泪还没擦，拿上手提包就出发了，向那个很大很豪华的别墅走去。手提包里的剪刀不离不弃，那是她的空气，现在她决定把这用以呼吸的空气拿出来，交付给这个荒唐的世界。

这天的天空特别乖，白云也特别软，剪刀躺在手提包里也特别安静。大别墅里还有其他人，大客户跟他们有说有笑，他们的声音像钉子一样钻进她的身体里。吴剪剪站在别墅的庭院里，大客户看到她，并不招呼，冷冷的、理直气壮的样子，仿佛自己受了多大的委屈。趁着她的客人在，吴剪剪说：

　　"您说说我该怎么办？这些镜子都是按照您的要求装的，您现在要求拆掉，我的损失怎么办？"

　　"怎么办？凉拌！"

　　"求求您好吗？您叫我垫付定金我二话不说就垫付了，因为您的一句话我鞍前马后尽心尽力……我……我不知道我怎么了……我该怎么办？"她听到自己的抽泣声，感到很倦乏。

　　"喂喂……我这里有贵客在……你、你哭什么哭啊……"

　　"我求求您好吗？"

　　"我也没办法呀……"大客户不再理她，继续跟她的贵客们谈笑。

　　吴剪剪在别墅院子的一个石凳上坐着。她背后有一个假山和小水池。水池里的鱼游来游去，"鱼相忘于江湖"，这是亘古不变的通达之道。江湖是鱼的空气，所以鱼忘了江湖；剪刀是吴剪剪的空气，所以吴剪剪忘了剪刀。

　　忘了剪刀的吴剪剪在石凳上发呆。那些客人终于跟主人告辞，主人出来送客，吴剪剪也站了起来。吴剪剪忘了剪刀，甚至忘了手，甚至忘了手已经伸进手提包里，甚至忘了手已经摸到了冰冷的剪刀，正在摩挲它如梦似幻的锋利……

　　别墅的主人，吴剪剪的大客户看了她一眼，竟然掩嘴一笑。

　　"看你眼睛都哭肿了，"大客户说，"算啦，等下把钱给你啦。"

　　吴剪剪伸进手提包里的手突然惊醒。

男　人

　　无论是在吴剪剪的叙述中，还是在吴剪剪的记忆中，无论是在缠禅村内，还是缠禅村外，世界都是由男人和女人组成的。

　　吴剪剪很小的时候就为自己构建了一个独立、自足的世界。守身如玉，最后纯洁入土。

　　她讨厌身体，不管是男人的身体还是女人的身体。她已经不记得第一次见到男人的身体是几岁的时候了，只记得自己的眼睛在那一刻就永久地蒙上了灰。

　　她热爱灵魂，但一直搞不清灵魂是什么东西，后来看到一本书上说"灵魂不过是大脑中一种活跃的灰色物质"，她沮丧了很久，之后抛弃了这种观点，赋予灵魂新的定义：

　　灵魂是太极阴阳鱼中的白鱼，而身体是黑鱼。它们一阴一阳，此消彼长，相互矛盾。原来的宇宙是混沌一片，叫无极，宇宙大爆炸之后有了天地和阴阳，叫太极。灵魂和身体是相互独立，也相互克制的。也就是说，身体占的比重越大，灵魂占的比重就越小。也就是说，有灵魂的人往往没有什么身体，有身体的人往往没有什么灵魂。

　　吴剪剪的世界是灵性世界，是反肉欲的。但她的世界在不停地补充，有时也不得不修改。但她的世界是有逻辑的，虽然有时候她的逻辑会遭受其他逻辑的挑战。

　　如果她五岁的时候撞见母亲和情人的交欢，是因，那么十三岁时洗澡被母亲的情人偷看，则是果。如果她二十岁时以为自己遇见了爱情，是因，那么她二十二岁时跟教授之间的奇怪纠缠，则是果。如果她二十四岁时被母亲的子宫召回到海边理发店，是因，那么她二十六岁时进入缠禅村，则是果。如果她没有从缠禅村跑出来，就不会跟一个姓唐的男人认识，也就没有后来发生的事情，也就不会懂得世界的其他解释，也就不可能知道什么是真正的灵魂。那么她就该重新定义灵魂了，那么她要回到起点，回到五岁或者三岁，或者母亲的子宫；或者她该一直待在梦里，但她未必搞得清梦境与现实谁是谁，梦有时候比现实更真实，现实反而像梦一样暧昧潦草混沌荒茫……

吴剪剪考到一个远方城市读大学，为的是远离母亲，远离那个海边理发店，她甚至发誓再也不回到那个可怕的地方，尽管最终还是被母亲的子宫召回。在那个远方的大学里，她的灵性世界被肉欲世界恶狠狠地涂改。

她渴望一个没有肉欲的爱情，于是就遇到一个只有身体没有灵魂的男人。这个男人是她的学长，写得一手好字，身材颀长，风流多情。吴剪剪在他清俊的脸上怎么也看不到肉欲的成分，于是她拿出了珍藏多年的少女情怀，憧憬着展开一场纯真无邪的灵性之恋。但这位学长，第一次约会就企图把她骗到床上，并美其名曰"领悟人生之真谛"。她落荒而逃，像只被雨淋过的猫咪，一遍遍地内观自身，检查自己是否还干净。

风流学长对她的保守感到失望，很快就锁定了另外的目标，并且一换再换。而她已不能正眼看他，而是用清冷的余光毫无意义地在他和她们之间游移。

风流学长终于毕业了，吴剪剪则升到大学最后一个学年，她在一个哲学教授的课堂上心神不宁。

其实教授整洁的衣着、睿智的谈吐以及内敛淡然的气质并不足以让她着迷，真正让她着迷的，是他让她整节课只能反复琢磨一个词语——父亲。

教授上课从来目不斜视，目光从不在漂亮女生脸上逗留半分钟，下课了拿起教案就走。有一次他刚提腿要走，两个漂亮女生就蹭上去问东问西，吴剪剪在旁边痴看。

教授走了，她追着他的背影，终于拦住他，一边喘气一边说："我、我、我想知道，父、父亲的哲学意义……"

教授愣住了，跟她眼神相交，久久说不出一句话来。

她用笑打破僵局，他也报之以笑。微笑。

微笑在他脸上悬挂了很久。之后夏天就来了。

整个夏天的傍晚，他们都肩并肩在后山散步，听蝉叫，消磨时光。也听自己身体里的蝉，看树叶被风撩动，想对方心里在想什么。

桥下流水，远处屋舍，何处烟岚。他窥她肌肤柔嫩，她看他两鬓如霜。

后来他的脸抹上一层哀伤。

"时间从不迟疑。"教授说。

"我不需要相信时间。"吴剪剪说。

"人不可信。"教授说。

"凡事不可信。"吴剪剪说。

"如果时间是一个看得见的维度，我就可以在时间轴上自由地选择你了。"教授说。

"那我选择出生在另一个地方，我要随意指认我的父亲。"吴剪剪说到"父亲"的时候看了他一眼。

"我们都被什么东西缠住了。"教授说这话的时候他们已身处教授的单人宿舍，四只眼睛都盯着桌面上的一张全家福。这张照片告诉吴剪剪，教授是别人的丈夫，是别人的父亲。

教授把相框正面朝下放倒，却把吴剪剪正面朝上放倒。这件事发生得太突然，吴剪剪心神已飞，呆呆任他摆布，只觉得有阴影俯下来，将她浓浓覆盖。

　　心神忽又飞回，她要挣脱他，但没想到他力气不小，她使了浑身的力，她的泪湿了他的衣，她左脑浮现母亲和情人交欢的场景，右脑琢磨父亲的模样。父亲。父亲的样子渐渐从教授的脸上褪去。

　　她的膝盖向教授顶去，教授"哎哟"一声，抬起一张大汗淋漓的痛苦不堪的脸。

　　教授气急败坏，问她为什么。她只有把自己的那个世界告诉他。

　　"你的世界是纸糊的，根本不牢靠！"教授说，"你作茧自缚！你要解脱！"

　　吴剪剪突然有些厌烦他的哲学式腔调，和他自以为是的透彻。更厌烦他也有肉欲，以及包裹在肉欲外面的貌似父亲的外衣，虽然他的确是别人的父亲。

　　吴剪剪以为自己可以轻松地摆脱教授，但她错了。她在课堂上无法集中精力，脑子总处于恍惚游离状态。回到宿舍也没法平静地做什么事，食无味，寝不安。而教授干脆就在下课时跟另外一个女生打情骂俏，还故意斜眼看她的反应。

　　这样一天天过去，她终于忍不住去他宿舍找他。他敞开大门，敞开衣襟，也敞开脸上的皱纹。

　　她是经过深思熟虑的，她要坚守自己的世界，尽管她的世界被修改了。身体和灵魂稍稍蠢蠢相融，白鱼和黑鱼小小傻傻互通，白中有黑，黑中有白。

　　教授揭示他的身体符号，是为了获取她的身体密码。他年老的肉体触目惊心，她步步为营。她闭眼漫想灵魂的飘逸长袖，他缠缠绕绕不分日夜。

尚未被修改的部分，是她的贞操法则，是欲望最后的禁区。她的身体在他的手中，有着干净清凉的美。而他被她拦截在欲望的禁区。这样她可以清醒地知道自己仍是完璧之身，灵魂尚存。

她不知道他是被她唤醒了奇怪的欲望，还是他本来就奇怪。他发热的眼睛和手，一遍遍欣赏她，并命名她，来激活更多的欲望。他在周一爱她的手指，唤它为"白娘子"；周二爱她的锁骨，唤它为"玉老板"；周三爱她的肌肤，唤它为"丝丝"；周四爱她的乌发，唤它为"流逝"；周五爱她的纤腰，唤它为"清明雨"；周六爱她的嘴唇，唤它为"火焰"；周日爱她的胸，唤它为"雪莲"。有时候他想粗俗一下，就什么都不唤，凶狠地捏她，令她大叫。

如果吴剪剪用无辜的眼神看教授，教授就说："在我的世界里，每个眼神都仅仅是眼神。"

如果他们穿好了衣服准备告别，她就会送他一句："每一次行动都是时间的岛屿。再见他妈的！"

他们这样反复玩味，时间从不停歇。大学毕业了，母亲的子宫向她招手了，她头也不回地丢弃他，并假设他永远不会丢弃她。时间是流逝的，空间怎么不流逝？火车要把她带回的地方，仿佛永远都在等她。

第四章：米字路口

发　烧

路上，吴剪剪问唐烽："你是去旅行，为什么身上会有一股逃亡的气质？"

吴剪剪的问题让唐烽想起了小林姑娘的那场蜻蜓点水式的死亡。他尽量让自己的思维紧凑成一句话，以至于他的脸皮也跟着紧绷起来：他的一个玩笑导致了小林姑娘的蒙冤自杀。

换言之：他间接杀了小林姑娘。

再简单点说：他是杀人犯。

更进一步说：他杀了人，但没人抓他，但他在逃亡。

或者干脆说：他终于认识了自己。

但吴剪剪不这么想，她认为没有人能认识自己。人们以为认识了自己，其实认识的不是自己，而是假装成自己的那个人。那个人会悄悄地把自己吃了，如同一条蛇从自己的尾巴开始吃，一直吃，吃成一个球，最后吃没了。死了。

吴剪剪要带唐烽去缠禅村，必须摆脱胖子助理的安排，所以他们没有搭飞机，而是搭一部脏兮兮的中巴车。

他们先到达一个名叫四羽的小镇，住进一家虽简朴却十分洁净的旅馆。旅馆的房价很便宜，相当于豪华酒店房价的十分之一。唐烽付了钱，开了两个房间。当晚唐烽在四羽镇发起了高烧。他先是感觉到身子忽冷忽热，一会儿把被子踢开，一会儿又用被子把眼睛鼻子一起蒙上，呼出暖燥燥的气。鼻翼在被子里一开一翕，呼吸越来越急促……后来他觉得自己的头已经变成了一个热气腾腾的馒头蒸笼。

已是半夜，吴剪剪在隔壁床上睡得正香吧。她穿着什么颜色的睡裙？她脚趾是否伸到被子外面？夜色中她的长发会不会水藻般在枕上披散？这些平时不可能去注意的事，半夜在唐烽发烫的脑子里却清晰和跳跃起来。

他疲倦的眼皮微微下垂，仍能清楚地看到自己的手指在拨她的号码，然后就听到了她的声音。她的声音在电话里滑滑的，如一条光溜溜的水蛇。

他的眼睛更加迷离起来，却能感觉到她雪白睡袍的纯棉质地……她的手在他的额头轻抚，他口中不知何时已含着药片，眼前还有一杯温开水……

吴剪剪坐在他的床沿，看着他，感觉他是一片孤零零的叶子，无缘无故、无根无脉地漂荡在河水的粼粼波光中。

他抓住吴剪剪的手。小时候发烧他曾经抓过妈妈的手，后来抓过舅妈的手。再后来，他无手可抓。

他的热手抓住她的凉手，火焰燃向海水，海水涌向火焰。火焰会灭，但无灰烬。断掉的时间之线重新缝合。他颤抖的身体，褪去了男人的阴影，倒退成一个男孩。无辜的男孩。她仿佛看见一张男人的童年相片被凶猛的海浪，一次次丢弃在岸滩。

"我冷……"他不停要求把灯打开，虽然灯一直都亮着。他竟然想用旅馆的灯丝取暖。她把更多的棉被压在他身上，他显得很弱小。

身体这般热，灵魂是跟着热，还是更冷？她突然这样想。

"……我会烧成灰烬的……"他喃喃。

眼泪在吴剪剪毫无表情的脸上默默流淌。她心里藏有一把剪刀，同时也藏有一团棉絮。她想掏出剪刀，也许掏出的是棉絮。

凌晨时分，她发现唐烽的烧退了些。他也许在梦乡里，她听到的也许是梦话："……舅妈……舅妈……到底什么是真正的小说……"

第27页

我要写真正的小说了。这件事毋庸置疑。扎扎实实地搁在我的枕边。我的枕边有另外一个枕头，这个枕头上绣着戏水鸳鸯，其中一只鸳鸯的眼睛掉了，嘴巴也歪了。我懒懒地欣赏着它们端庄的被确定了的情侣关系。看了一眼头顶上的黄色灯泡，和灯泡底下正在看书的男人。

这个男人穿着我用旧床单改的睡衣，一只手翻书或准备翻书，另一只手端着一个旧搪瓷杯子。

他是前美术老师，我的丈夫。

我爱他。每次见到他，我都跟自己这样暗示。仿佛这是一个咒语。

他爱我。这是另一个咒语。

事实上，他爱我爱得很复杂，把我爱得天地混沌起来，毛孔都玩起了立正稍息游戏。此事只能意会不可言传。

从学校宿舍搬走后，他就住进了他的祖屋。祖屋就是几间残破的民房。我跟他结婚后也就搬进了他的祖屋。家徒四壁书侵坐。有时候我们就坐在书堆里发呆，感觉时光四溅，四壁就有了光彩。前美术老师自从被学校开除就不再作画，摇身一变成了个工匠，手艺奇特，有他一以贯之的特殊审美。他最了不起的作品就是在民房的屋顶上加盖了一间阁楼。

我在这间阁楼上写小说。这间阁楼造型怪异，但冬暖夏凉。房顶不是圆的，也不是尖的，而是不规则云朵形。房瓦排成密密麻麻的网状，远看就像无数个×。阁楼开了两扇窗，一个圆，一个方。顶上还有一根圆柱形的烟囱，烟囱被粗麻绳捆了几道，无论从哪个方向看都像几个大×。

我就在这××的阁楼里写小说，写真正的小说。

我们结婚这天，他告诉我他的名字叫程新风，他有一个妹妹叫程新雨。而且我还得知自己从今天开始有了一个三岁的外甥。我们没有请客摆酒席，没有布置新房购置新家具，没有穿新郎新娘礼服，没有告知亲朋好友，没有证婚人司仪伴郎伴娘，没有聘金戒指，没有交杯酒，总之与结婚有关的东西统统都没有。但这天我知道他不是外星人也不是从石头缝里蹦出来的，他也有父母也有亲戚，甚至还顺便让我也得到了一个三岁的外甥。

我喜欢所有的三岁小孩。当我还没见到这个外甥的时候，我就在想他长大了会变成什么样。三岁变成三十岁，有时候很快，快得就像把一个放大镜搁置在三岁面前，一眨眼就照出了三十岁。

我从来看不到我丈夫的过去，但可以在外甥身上找到他童年的一点蛛丝马迹。外甥将一点点长大，我将循着他成长的线索，追查到底，一直查到他舅舅的鼻息和眼神……

他舅舅说："我什么都没有。"

他舅妈说："你不是什么都没有。"

他舅舅说："我有什么？"

他舅妈说："你有'没有'这个东西。'没有'比'有'大很多，'没有'意味着无穷无尽、无边无际，意味着无限可能、无所畏惧。"

他笑了。这就是我最想要的。

对 称

第二天中午，唐烽退了烧，也退了房，坐上更脏更破的中巴车。他们要离开四羽镇，去另一个小镇。山路蜿蜒崎岖，车子颠簸得厉害。唐烽第一次坐这样的车，加上前一夜发烧，身体仍虚弱，胃部动荡不安，却不想在吴剪剪面前显现狼狈之相，因此一路上都硬憋着，越憋越难受，终于憋不住了，就着塑料袋呕吐起来，把早餐午餐都吐得干干净净。

干干净净，仿佛就能轻盈起来。轻盈得像一根羽毛。唐烽在摇摇晃晃的中巴车里反复琢磨着小镇的名字，似羽似羽……拿眼偷看坐在旁边的吴剪剪，这个永远面无表情的奇怪女人。昨晚吴剪剪几乎没睡，一直守着唐烽，直到凌晨他的烧基本退了，她才悄悄回自己的房间躺了一会儿。

经过昨晚的事，他们面对面时都感到有些不自在。唐烽也没对她说半个"谢"字，吴剪剪也没对他提起昨晚的发烧。好像什么都没发生过，好像又各自心照不宣。

胃里没东西了，他感觉舒服了很多，就像卸下了混浊的昨天。昨天已是昨天，今天正在奔向昨天。他惊觉自己突然有了时间概念。

太阳晒在车玻璃上，摸着发烫，让唐烽想到昨晚的额头和灯泡。破车在灰尘滚滚的山路上艰难行驶，轰轰响声夸张得很不真实，像表演，但眼前分明是赤裸裸的钢筋铁骨不紧不慢不知向哪里滚动的世界。

中巴车停下来，抵达另一个小镇。这个小镇的名字同样奇特——千瞳镇。千瞳镇只有一家旅馆，叫千瞳旅馆。千瞳旅馆同样简朴而洁净，房价比昨天那家旅馆更便宜，相当于豪华酒店的房价的十二分之一。唐烽付了钱，开了两个房间。当晚，吴剪剪发起了高烧。

今天是昨天的重复？千瞳镇是四羽镇的影子？吴剪剪与唐烽是对称的两部分？

发烧的初期感觉是一样的，身子忽冷忽热。但她坚持不吃药，说所有的药都有毒。他觉得她在撒娇，因为她的眼神从来没有这么软绵绵。她抱着被子，在床上打滚，像喝醉一样哼起歌儿。他给她倒了开水，她咕噜咕噜一口喝掉，喝完才没一会儿似乎就清醒起来，摸了摸自己额头，睁大眼睛说："我没事了，你走吧。"唐烽要上前去摸她的额头，她把他手推开。

因为昨晚他才发烧，对发烧的所有细节还耿耿于怀。他想她的头现在也是一个热气腾腾的馒头蒸笼。

唐烽从来没有照顾过别人，更别说是照顾病人，但昨晚他刚刚被照顾，这似乎把他推向今晚的一切。这个世界是充满因果的，但命运这条绳子诡异得很，有时候围成圈套勾人魂魄，有时候千里伏线一动百动，有时候转瞬之间就地报应。

他把所有的被子用来包裹吴剪剪，然后坐在她的床沿，看着她，如同昨晚她看着他。从昨晚到今晚，仿佛时光倒流，他看她或她看他的眼光相通相融，奇妙的感觉。昨晚他是一片孤零零的叶子，无缘无故、无根无脉地漂荡在河水的粼粼波光中，今晚她也是。

她抓住他的手。小时候发烧她曾经抓过妈妈的手，她幻想过抓爸爸的手。后来，她谁的手都不想抓。

她的热手抓住他的凉手，火焰燃向海水，海水涌向火焰。火焰会灭，但无灰烬。断掉的时间之线重新缝合。她颤抖的身体，褪去了女人的阴影，倒退成一个婴孩。无辜的婴孩。他仿佛看见一张女人的童年相片被凶猛的海浪，一次次丢弃在岸滩……

"……我也会烧成灰烬的……"他听到熟悉的话语，如同听到自己。

他心里藏有一块豆腐，同时也藏有一把刀子。他想掏出豆腐，也许掏出的是刀子。这把刀子上流过小林姑娘的血，血迹尚未干。此刻吴剪剪的脸上呈现出更深的小林姑娘的阴影，现在他想掏出刀子捅向自己，但发抖的手却只能掏出一块豆腐。

凌晨时分，她的烧终于退了。她也许坠入梦乡，也许坠入缠禅村。他回到自己房间，无法入睡，翻开了舅妈的深青色笔记本……

第39页

我丈夫程新风自从盖了那个小阁楼后，就不会盖其他东西了，只好每天待在家里洗衣做饭。可是后来发现衣服越洗越薄，饭也越煮越稀。我们的衣服加在一起不超过十件，反复穿反复洗，时间久了有的地方干脆朽掉了，破绽百出，只好用来当抹布。我仍在那所中学当语文老师，物价一直在涨，工资老是不涨。这让我感到困惑，并且怀疑起热力学第一定律即能量守恒定律。假设原来一个月工资可以买50斤大米，现在只能买43斤，那么那买不起的7斤大米到哪里去了？钻到谁的肚子里去了？我是语文老师，所以我喜欢思考物理问题，正如我丈夫被学校开除，所以就在屋顶和烟囱上画×。

我丈夫在家里除了洗衣做饭，还埋头看书，当他从书堆里抬起头的时候，两眼发直，目光如炬。这时他在思考一件永远都搞不懂的事。这件事他开始用化繁为简的方法想，然后又用化简为繁的方法想，想得脑细胞死去活来又活去死来。

这件事可以这么想：他为什么被开除？因为女学生小莉怀孕了。

这件事也可以这么想：小莉为什么怀孕？因为他将要被开除。

这件事还可以这么想：他在学校教学生画画，小莉就怀孕了。

这件事甚至可以这么想：小莉专心上课或不专心上课，小莉怀孕或不怀孕，他都要被开除。

……

我丈夫身材高大，留短短的平头，皮肤富有光泽，不像美术老师，倒像体育老师。他的外貌特征导致三个结论：第一，他是体育老师的最佳替代品；第二，他不用跟小莉性交也可以使她怀孕；第三，前两个结论勾结在一起的结果就是他被学校开除。

……

我丈夫想着想着我就下班了。我们相视而笑，看着彼此身上越来越薄的衣裳，吃着碗里越来越稀的稀饭。

晚上我们出去散步。他腿长走得飞快，好像要去赶火车，他越快，我就越慢，这是故意的，我在他后面慢腾腾地走着，想一些乱七八糟的事，想着想着他就不见了。而他在前面走啊走啊，回头也见不到我了。

晚上公园里有很多黑黢黢的林荫小道，风吹树叶哗哗响，月亮有时完全躲进茂密的树荫里，有时露出一道乳白色弯弯的光，有时候整个亮出来，圆润润地挂在树梢上。

我丈夫后来告诉我，他当时站在原地等我，等了好一会儿都没等到，看着周围夜色苍茫，非常惊慌，毛孔都竖了起来。他到处找我，脚步踉踉跄跄，跟喝醉酒似的。他不知道，当他扯开嗓子喊我名字时，我正躲在不远处一棵大树后面哧哧地笑。

"费如——费如——费如——"这是他第一次叫我名字，从前他只叫我"哎""嗯""你"或"啊"。因此他叫我名字时我感觉他在叫别人的名字，我久久不能把自己和自己的名字结合在一起。

其实我从小就有这样一种特殊的品性。我有时候是我，有时候是费如，有时候是教室里拿着教鞭的语文老师，有时候是大街上一个毫无特点的晃动的影子，有时候是一个男人的老婆。在最后一种情况下，我感到"我"非常的陌生，比身旁的称之为"丈夫"的男人更陌生。

我丈夫喊得嗓子都哑了，而我笑得上气不接下气，又憋着不出声。这无疑是一种很危险的笑法，我告诫自己这种笑法是一次性消费品，就像餐馆里的一次性筷子，绝对不能用第二次。

他喊着喊着喊出了哭腔，我感到事情不妙，他好像想起了什么，拔腿就往公园西门方向跑，原来他想起西门边上有个派出所。

我只得冲出来在后面追，边追边喊："大傻瓜——我在这儿呢——"

我丈夫后来说，当他听到我的声音，回头看到我时，毛孔又竖了竖，眼泪没掉，眼珠子几乎要掉下来。他朝我奔来，一把抱住我，抱得很紧很紧，让我喘不过气来。

"我要断气啦！"我说。

他放松手臂，不说话，只喘气。

"刚才是不是很想我？是不是害怕失去我？"我说。

他放开我，把手臂放在自己裤子口袋里，恢复了正常。

后来他告诉我，他自从莫名其妙被学校开除，就一直很困惑，不知身在何处，有一阵子甚至怀疑自己已经到了地狱。他当时找不到我，就以为我被坏人抓走了，吓得几乎要尿裤子。但那一刻他却想明白了一件事：只要费如在身边，就哪里都不是地狱。

他还告诉我，他的身心在那一刻得到了锻炼，尤其是汗毛，立正稍息立正稍息，很受教育。我丈夫虽然沉默寡言，却颇有幽默感，这一点只有我知道。

米

第二天醒来，也不知道是几点。唐烽和吴剪剪在千瞳旅馆附近一家小吃店里匆匆吃了早饭，也许是午饭。唐烽吃的是馒头、油条和豆浆，吴剪剪胃口不太好，只吃了一碗锅边糊。唐烽从来没吃过锅边糊，看着油乎乎的一碗，露出一丝转瞬即逝的嫌恶之色。这些天他乘破车，住廉价旅馆，吃路边摊，把前二十八年没经历的都经历了，心想：没有什么事情是不能经历的，也没有什么人是应该永远过着富贵和精致日子的。

"在缠禅村大家吃什么？"唐烽突然问。

"跟外面一样，不过——"吴剪剪低头吃着锅边糊，头也没抬，继续说，"不过，比外面更干净，村里自己种的蔬菜，自己榨的油。"

"大家一起吃？"

"有食堂，师傅统一做好饭，再送到各家各户。"

"大家一起睡？"

吴剪剪抬眼看了他一下，脸竟然唰地就红了，忙垂下眼睑："大家都有自己的住处，没有一起睡。"

唐烽看她绯红的脸，心中泛起一缕奇妙的感觉。很奇妙，心口好像有个地方空落落地痒，跟饿的感觉很接近，但又分明不是饿。

他们吃完早饭，就在小镇上闲逛。吴剪剪在前，唐烽在后，距离始终保持 5 米。千瞳镇的房子全都是白墙灰瓦的建筑，低矮而破旧，车辆不多，摆摊的不少，尤其卖水果的特别多，水果摊主清一色的宽檐草帽，清一色的光脚不穿鞋。吴剪剪停在一个水果摊前，跟那个肤色黝黑的女摊主讨价还价，唐烽注意到这是他们一路走来看到的唯一的女性摊主。

吴剪剪挑了几个梨子和一串香蕉，唐烽抢着付了钱，她没有跟他客气，拎着袋子继续往前走。

他看到她在前面边走边剥香蕉，发现她脚步轻快，甚至有点微微扭动的意思，接着发现她背部曲线很美，于是想：她是不是感觉到了背后的目光，故意走得这么妖娆？她难道是走给我看的？他这么想着，来到了一栋三层高的楼房面前，三层高在这个小镇里算是比较高的了。楼房门口挂着"绿窗网吧"的牌子。

吴剪剪走了进去，唐烽跟在后面，仍然是5米的距离。网吧光线很暗，黑压压的除了电脑就是人，人影憧憧。他看到她已经在一台电脑前坐下，只好走上前站在她身后。

她进入微博，对"缠禅村"发了一句话："天龙到，梦在何方？"他想这句一定是暗语，所以他不求甚解，耐心等待。过了几分钟，对方回复："人是狼，狼是龙，龙吃米。"她又跟"缠禅村"聊了几句更奇怪的话，他都不懂。之后他们就离开绿窗网吧。

然后他们继续在小镇上走，吴剪剪似乎有了方向，脚步也加快了许多，唐烽追上她，与她并肩而行。越走离镇中心越远，人烟渐渐稀少。走到了一个岔口，这个岔口很奇怪，不是十字路口，而是米字路口，也就是说，从这里突然分岔成八条小径。他马上想到"缠禅村"，想到微博里回复的那句"龙吃米"。

他们在米字中间等待着，虽然唐烽并不知道他们在等待什么。大约十分钟后，一部黑色小车从他们来时的那条路上驶来。车子快靠近他们的时候缓缓停下，车门打开，两个身穿黑衣、头戴黑色鸭舌帽、脸盖黑色大墨镜、发型和身材差不多的男人走下车来，一言不发，只上下打量着他们。吴剪剪从包里掏出一个咖啡色的多边形牌子，其中一个男人接过去看了看，朝另一个男人点了点头，然后做了一个请上车的手势。

吴剪剪先上了车，唐烽跟随其后，在车子后座紧挨着坐下。那两个男人分别坐在驾驶位和副驾驶位，从后面看他们的脑袋，更加分不出谁是谁。副驾驶位上的男人转过身，递给吴剪剪两块黑布。吴剪剪二话不说，把其中的一块给唐烽，对他点了一下头，然后用另一块黑布蒙上自己的眼睛。唐烽愣了一下，看到前面两副黑墨镜同时对着他，虽然看不到他们的眼睛，但他能感受到四股陌生而肃穆的气流。

他用黑布把自己眼睛蒙上，车子就发动了。黑暗中他不知道，其实也不关心车子走在米字的哪一笔画。除了黑茫茫一片，什么也看不见……经过一段时间的平坦道路，车子似乎开始驶入一条坑坑洼洼的小道，使得后座的两人随着车子的扭动，胳膊和腿老是会碰到一起。

唐烽感觉到吴剪剪往旁边挪了挪，心里有些不快，渐渐生出荒凉之感，仿佛这条路会一直漫无边际地黑下去，无休无止地空荡荡，绝望。

于是他趁着这共同的黑暗，猛地抓住吴剪剪的手。吴剪剪显然吓了一跳，他能感觉到她的身子颤抖了一下。她要挣脱他的手，他却抓得更紧，他们不敢惊动前面两个黑衣人，在黑暗中小心翼翼地拉扯……拉扯了好一会儿，吴剪剪终于认输，任由他的大手把她的小手牢牢掌握……

第48页

今天是星期几？我翻着墙上的日历，怎么也找不到今天，后来发现这本日历是去年的。我留了张字条："旧风，我们好久都没吃水果了吧？我想吃最便宜的水果。另，日历还是去年的，我想过今年以及今天。"然后就去上班了。

他的名字叫新风，我老觉得旧的比新的好，就自作主张叫他"旧风"。我还自作主张给他改过很多名字，比如"天呆""漫天蓝""雾避""哑歌""你你""苦墙"等等，充分展现了我的想象力和创造力。虽然他没有同意我给他乱改名字，但也不讨厌这些名字。我叫他的时候他有时应，有时不应，有时在应与不应之间发呆。我觉得倒霉蛋发呆是世界上最可爱的情景。

我去上班了。今天跟往常一样，天像往常一样黄中带青，路像往常一样面无表情，人像往常一样用腿匆匆行走。跟往常一样，我走进办公室，首先遇到了同事季老师，他像往常一样，跟我打完招呼，就用意味深长的眼神盯住我。我知道打招呼是例行公事，盯我是例行私事。季老师的老婆怀孕五个月，据说肚子已经大得像十月孕妇，据说她没怀孕的时候就满脸雀斑，据说她怀孕后雀斑都变成了绛紫色，而且我怀疑季老师很久没过性生活了，所以我每天都会原谅他的意味深长的眼神。

我到学校教书，总有人在我背后交头接耳，议论我是那个被开除的"流氓教师"的老婆。他们不理解我为什么会嫁给那个"流氓"，我开始会跟他们解释我丈夫是被冤枉的，但没有人相信。

我曾经喜欢他们的不理解甚至误解，曾经想象着他们眼中的被歪曲的自己，并感到无比骄傲。那时候程新风还不是我的丈夫。现在我很不喜欢别人说我丈夫是流氓，因为他根本不是。事情就是这样，没有人会喜欢黑白颠倒，就像没有任何一只鹿会喜欢被叫作马，没有任何一块豆腐喜欢被叫作刀子。

后来我在一本书上读到一句话："活下去的诀窍是，保持愚蠢，又不能知道自己有多蠢。"我把这句话拿给我丈夫看，他笑了。

同事陆陆续续走进办公室，季老师觉得人多方便说话，就故意大声问："费老师，你爱人现在在哪里高就啊？"他文绉绉的口吻很可笑，几乎掩盖了他话中的恶意。其他同事也都静下来，等待我的回答。

"个儿挺高，但不高就。在家里画画呢。"我说。

"画画能赚多少钱？"他又问。

"钱不多，比多的少一点，比少的多一点。"我大声回答，头仰得高高的，目光从他们每个人脸上一扫而过。

最近我丈夫确实又拿起画笔。这件事是这样的，有一天我跟我丈夫说："你原来的那几张画我都看腻了，看腻了就不晕了，不晕了就不能治头痛了。你得继续画呀，你总不能眼睁睁地看着我有病没药医吧？"他听了我的话就老老实实地上街买了画笔和纸。他开始每天都画，画一幅我就晕一次，后来我说："别别，你画好了先放着，等我头痛的时候再给我看吧，不然我眼睛都快晕成鹅卵石了！"他不理解鹅卵石，于是就画了一幅鹅卵石，大大小小好多颗，每一颗都像我的眼睛。

但我丈夫的画无人问津，因为他被学校开除了，所有人都可以理直气壮地怀疑他的人品，继而怀疑他的画品。好不容易有个日本老头看上了他的画，买了两幅，但后来抱怨他的画不够色情不好卖，建议他改画色情画，被我丈夫拒绝了。

课间休息时，我被校长叫去。

学校里关于我的风言风语越来越多，内容大致是：费老师的丈夫是流氓，费老师是流氓的老婆，流氓的老婆怎么可以为人师表？如果把纯真无邪的孩子教育成流氓谁来负这个责?

于是一些学生的家长就跟校长要求把孩子调到别班，于是校长就决定把我调到学校图书室当资料员，工资因而要降两级。说实话我喜欢在图书室上班，但我不喜欢被侮辱的感觉，而且我心疼钱，钱越来越少，就意味着衣服越来越薄，稀饭越来越稀。我不喜欢我丈夫吃不饱的样子。

我站在校长办公室里，竟然发起了呆，我想象我丈夫饿着肚子在天地之间发呆的样子，又可爱又可怜。这样我就忍住了眼泪。

校长说："费老师，你有什么话要说吗？"

我想了想，实在想不出要说什么，但又觉得非说不可，于是说："校长，我家日历过期了，请问今天是星期几？"

我回到家时，跟往常一样，饭菜已经做好，跟往常不一样的是，桌上多了几个苹果。我知道苹果是现在市面上最贵的水果。我听到我丈夫在厨房洗锅的声音，看到早晨留的字条下面多了几行字："水果在桌上。新日历已挂墙上。"

我抬眼看墙上的新日历，它正敞开着今天这一页。但今天是星期几，我已经不想知道了。

进 村

……车子一路颠行，屁股磨得生疼，昏昏沉沉睡了又醒，醒了又睡，不知过了多久，车子终于停下来，那两只手却还抓在一起。吴剪剪不觉又红了脸，把自己的手从唐烽手里轻轻抽出，为自己解开黑布，接着帮唐烽的也解开。唐烽揉揉眼睛，看着她，她躲着他的视线。他们从黑暗中退出，直接进入另一片半黑的暗，原来已经入夜了。

从车窗望去，天上的月亮是一个完整的圆，月光如泻，清辉冷照。他们下了车，借着月光，望见一扇锈红色的大铁门。从栏杆里，可以看到里面是一个很大的庭院，亭台楼阁、小桥流水在夜色中若隐若现，更远处还依稀浮现着红砖绿瓦的古典建筑。那两个黑衣男人把大铁门打开，让他们进去，锁上铁门，转身就把车子开走了。这中间，他们一句话也没说，唐烽本来想问点什么，但见吴剪剪一直低头不语，即使夜色遮掩也看得出脸上的绯红，竟想到小林姑娘也爱脸红这件事，心里有万千滋味不可言传。

"这里就是缠禅村？"唐烽问。

"是。"吴剪剪深深地叹了口气。环顾四周，只见花木森森，未见人烟。

"这里有人住吗？"唐烽又问。

"都睡了吧。"吴剪剪的声音轻飘飘的。

她带着他往里走，世界静悄悄，只听到衣物窸窸窣窣的声响。他们各怀心事，胃是空的，饿的感觉混入空荡荡的心。小路曲折迷茫，透着隔世的荒凉，却不知隔的是前生还是后世。唐烽在心里隐约觉得：从米字路口到这里，裂开的是一个完整的世界。

他们经过凉亭、荷塘，绕过一棵大菩提树，来到一栋红砖绿瓦的建筑前，吴剪剪径直走进去，唐烽尾随其后。入厅堂，上楼梯，发现楼中壁上每隔一段距离就有一盏灯笼，灯光微弱，勉强能看清脚下的路。每一层楼都有一溜走廊，走廊一面是一排紧闭的房间，每个房间门上都写着号码，走廊另一面是一排半高的护栏，护栏上均匀地摆着一排陶瓷花盆。

上到第三层，吴剪剪在某一间房门口停下，看清门上的"2012"

字样。她从包里拿出一把钥匙，打开门，让唐烽进去。唐烽进去先开了灯，屋内陈设跟一般度假休闲酒店差不多，仿古的衣橱、灯具、床、茶几。他看了个大概，又进入卫生间，感觉算干净，出来，猛然发现房间里只剩下他，吴剪剪不见了。

紧接着他又发现门被锁死，怎么都打不开。天哪，我被监禁了，缠禅村竟然是一个牢房！这时他想起手机，拨她电话，听到手机里说："对不起，您拨打的电话不在服务区。"这时他又想起吴剪剪曾经说过缠禅村里无法使用手机和网络。

墙上有钟，显示是凌晨2点18分。他感到背脊发凉，浑身乏力，瘫坐在床上。这时他想起每个酒店都有酒店指南之类的东西，于是打开床头柜抽屉，翻出一个套皮簿子，封面烫金大字写着"绳奴俱乐部"。这个俱乐部的名字很奇怪，使他马上想到吴剪剪那个破旅行袋里的那根漂亮绳子，以及舅妈用来上吊的那根早已不知所踪的绳子。

绳子。绳子。

他脑子乱糟糟，无法平静思考。接着他打开了这个簿子，读起来：

俱乐部设施：
24小时热水淋浴。吹风机。拖鞋。
早餐：15元/份。电视：无。电话：无。网络：无。

俱乐部注意事项：
1.所有客房均须提前约定。约定方式心照不宣。
2.入住前须支付全部房费。（若有介绍人或担保人，酌情调整。）

3.入住后若要中途退房，房费一律不予退还。

4.本俱乐部除了门牌号码外，所有房间内部装修及硬件设备完全一样，请宾客记住自己的门牌号码，以免走错房间。

5.俱乐部演出时间是晚上10点到凌晨2点。管理员将根据具体情况安排宾客进入大礼堂观看演出，宾客凭入场券方能进入大礼堂。

6.宾客离开客房时请切记戴好面具（面具在衣柜内），请不要让别人看到自己的面貌。

7.有急事可按床边红色按钮，管理员将上门为您排忧解难；无急事请勿随便按此按钮，如果您听过狼来了的故事，将知道为什么。

8.为安全起见，宾客之间最好不要有交谈或其他接触，否则后果自负。

奇怪的条款，奇怪的地方。

唐烽想吴剪剪可能就是所谓的介绍人，而且可能就住在隔壁房间里，她不打招呼就突然消失，一来或许是太累了想赶紧洗漱休息，一来这两天本来就动不动脸红不太跟自己说话的，明天睡醒大概就可以见到她了，至于其他不理解的事情，等到明天见到她一问就什么都知道了。想到这里，他打了个哈欠，确实太累，就随便冲了澡，上床睡了。

第55页

　　图书室的工作简单而琐碎，每本书都有编号，要按顺序整整齐齐排在书架上。好在都是跟书打交道，除了偶尔有人借书和还书外，基本不必与人周旋。老师们要么才高八斗、学富五车，要么以为自己才高八斗、学富五车，因此都不必再借书看了；学生们的精力应付完堆积如山的教科书后所剩无几，因此也很少来借书。如此看来，学校图书室其实是个可有可无的地方，勉强保留这个部门应该是上头的意思。

　　日子一天天过去，挺无聊，无聊里面透着一丝丝诡异的东西，我不知道这个东西是什么，但能感觉到它在一步步逼近。

　　有一天下午季老师来借书，我感到很意外。他走进图书室时，我正低头看一本书，没注意到是谁来了。他装模作样沿着书架走了一圈，走着走着就走到了我跟前。

　　我一抬头，正好看到他那张油腻腻的大脸上新冒出的一颗花生米大小的痤疮，就像刚出炉的蛋糕，鲜着呢。他嘿嘿地笑，那颗痤疮随着笑纹的走向而一颤一颤的，看得我心惊肉跳。

　　"季老师，你要借书啊？"我说。

　　"是啊是啊……哦，不是不是……"他有些语无伦次。

　　"哦，那一定是路过。"我说。

　　"对对对……路过，路过嘛……"我感到他的眼神有点不对头，然后闻到了一股臭烘烘的酒气，想他可能中午陪校领导喝酒了。

"费老师啊……"本来我们中间隔着一张桌子，但他竟然绕过桌子直接站我旁边，难闻的酒气使我下意识地捂住嘴。

"费老师啊费老师……你真是傻啊……"他说得断断续续，中间还打了个酒嗝。

"季老师，你老婆快生了吧？"我只得岔开话题。

"快了快了……"他眼珠子打转转，"费老师啊……你调走了，我……我可真想你啊……"

我站起来，往书架那边走，尽可能远离他。他竟跟了过来。

"费老师啊……"他边走边说，"你不知道啊，我、我也苦啊……"

我只得去整理书架上的书。

"费老师啊，你一定要老实告诉我，你、你老公对你好不好……如果他对你不好，你就跟我、我说，我来对你好、好……"

"他对我很好。请不必操心，季老师。"

"他对你好，怎么个好法？"

"……"

"他能满足你吗？"他那颗痤疮好像越来越大，大得好像要炸开。不妙，我头痛了。我的影子来了。

"你知道吗费老师……他们在后面怎么、怎么说你的……他们说你干吗谁都不嫁非嫁给流氓……因为你喜欢、喜欢流氓……"

头越来越痛，我捂着头蹲下来。他居然也蹲下来，油腻腻的大脸就摆在我眼前，我不得不发现他那颗痤疮不仅鲜嫩，而且红艳艳的，多像一朵含苞待放的红玫瑰啊。

我站起来，他也跟着站起来。不知他是醉是醒还是借酒装疯。

"你真的喜欢流氓吗费老师……你不知道其实、其实我也是流氓……我们才是天生一对呀……"那颗痤疮一颤一颤的，我的头竟也一颤一颤地痛。事情就是这样，我的头痛听从痤疮的指挥，保持相同的节奏。

"我的费老师啊……天下流氓不止他一个……我的厉害你要不要尝尝……保证、保证你喜欢……哈哈，跟我老婆一样喜欢……哈哈……"他手舞足蹈，那颗痤疮终于掉进我童年的臭牛奶里，与酒气混合，散发着逼人的臭。

"费老师啊……你可真迷人……"他向我伸出手来。

头痛得要裂开。在一片迷茫的臭味中，我看到自己的脚突然抬起，朝他胯下踢去……

醒　来

第二天，唐烽从睡梦中醒来，就醒在了缠禅村里。

看看墙上的钟，显示是 8：23，他发现自己不知从什么时候开始，变得需要时间了。接着他发现昨天搁在床头柜上的手机不见了，他立即翻衣服裤子口袋，其他东西似乎没丢，又去翻旅行袋，还好，都在，舅妈的笔记本也在，依然安安静静地躺在旅行袋的最底层。

他在房间里到处找，始终找不到手机。奇怪。难道昨晚睡着后有人进来过？如果是这样，那也太可怕了。这究竟是一个什么地方？

　　手机找不到就算了，反正也没有信号。但吴剪剪呢？就这么突然消失了？从昨晚到现在，没一点踪影。

　　唐烽坐在床沿想了一会儿，自然什么也没想明白。后来朝门望去，发现门把手上挂着一把钥匙。他取下钥匙，握住把手，把手轻轻一转，门竟然开了。

　　他走出来，走廊一排房间大门紧闭，悄无声息。一只鸟飞过来，停在栏杆上的两个陶瓷花盆之间，这是一只尖嘴黄羽毛的小鸟，两只脚细细直直的，唐烽第一次这么仔细地观察一只小鸟。

　　昨晚光线昏暗，只知道花盆是陶瓷的。现在亮晃晃的光线下，陶瓷花盆上的纹路都可以看得很清楚，更清楚的是，花盆里空荡荡，没有土，也没有花。

　　他下楼，他要去找个活人，好好问问这里究竟是怎么回事。吴剪剪带他来缠禅村，他一路上只听不问，那是因为他觉得有吴剪剪在，该知道的自然就会知道，没什么好问的。但现在吴剪剪不见了，而且这个缠禅村跟吴剪剪叙述中的缠禅村一点都不像，他不得不心生疑惑，越想越不妙。

　　他走出楼房，回头望上一眼，望见屋脊飘逸，如飞天之燕尾。庭院在白天看来，如同书里描绘的，花柳亭榭、曲径通幽、古朴清丽，颇有江南之韵。

　　木雕、彩绘、石刻、透雕、泥塑随处可见。唐烽在一堵雕刻着山水花鸟图案的木窗棂前站了很久。忽然听到背后有声响，猛回头，原来是一个癞头园丁在修剪花木。

　　唐烽忙走过去打招呼："你好。"同时在心里纳闷自己什么时候变得这样有礼貌了。

　　癞头园丁看到他，也不诧异，也不回答，只是眼神呆呆痴痴的。

"我……你……你认识吴剪剪吗？我跟她一起来的……她不见了……我想知道她在哪里……"

癫头园丁还是不说话。手中剪刀停在某一根枝条上。

"她叫吴剪剪，'剪刀'的'剪'——"唐烽故意把"剪"字拉长，还指着对方手中的剪刀，胡乱比画着。

癫头园丁看看自己手上的剪刀，又看看唐烽，还是不说话。唐烽想好不容易碰到一个人，可惜是哑巴。他叹了一口气，这癫头园丁竟然也跟着叹了一口气。唐烽扭头离开他，继续往前走。心想这个人不但是哑巴，估计还是傻子。此时他脑中浮现了另一傻子的形象：蓝底紫花的衬衫，扣子全部不扣，肥胖颤抖的褐色的肉，松垮的裤子污渍斑斑，油黏黏的头发朝各个方向冲刺，手里垂着一根脏兮兮的绳子，时不时抽打地面……他记得这是他生日那天碰见的傻子，当时他并不害怕，还给了那傻子一百块钱。那时的自己，什么都不在乎。

唐烽随意走着，走上一条狭长的青石板路，不远处有一个荷塘，依稀记得昨晚来过这里。日光下的荷塘是另一番景致，浮萍绿绿，莲叶田田。

再往前，是昨晚路过的凉亭，再往前，是那个锈红色大铁门。铁门紧紧锁着，从栏杆的间隙望出去，他恍惚想着浓黑夜色中的黑色小车以及黑色小车里的两只紧握的手。

栏杆外面似乎是另外一个世界。一望无际的稻田，稻田上散落着几个弯腰犁地的农人。这让他想起吴剪剪叙述中的缠禅村。铁门内外都是缠禅村吗？他很想找个人好好问一问。

他发现回去还有另外一条路，这条路是水泥路，比那些石板小径宽阔许多，似乎是车道，看来缠禅村还是有车的。他沿着大路一直走，就看到了昨晚住的楼房，他继续走，看到前面有一条石板台阶，通往一条山道，他拾阶而上，走到一个大石洞旁。石洞似由几块巨石垒成，里面左右互通，洞内一汪寒泉，洞顶豁开咫尺。外面石壁上刻着"人间千古事，洞中一盘棋"。唐烽走入石洞，恍惚听到有小石子轻轻敲击石壁的声音，循声看去，见石洞内壁有一个凹洞，洞内有人。洞内虽光线暗淡，却仍能分辨这是个中年男子，瘦长身形，一袭白衣，飘飘若仙，如世外高人，正坐石凳之上，似在跟自己下棋。

这白衣男子见有人来，竟毫无反应，眼皮子都不抬，可见棋局太吸人，把他身心都吸进去了。唐烽不会下棋，站在旁边看了一会儿，白衣男子只顾下棋，旁若无人。唐烽觉得好生无趣，便开口问："麻烦你……"

一开口唐烽反被自己吓了一跳，自己什么时候会说这样的礼貌用语？转念一想，也许是寻人心切，且置身于这样疑惑重重的地方，言谈举止不得不别于从前。

"麻烦问一下，你认识吴剪剪吗？"

白衣男子不言语，只低眉观棋。

"她昨晚跟我一起来的，现在我找不到她了，你能告诉我她去哪里了吗？"唐烽耐着性子问。

他还是没反应。

"真他妈……"唐烽忍不住要骂脏话，但还是觉得要忍住，"不好意思打扰你下棋了，那你能告诉我这里到底是个什么地方吗？"

对方还是不言语。

唐烽有些气急败坏，直跺脚，石洞内响起砰砰声，白衣男子还是没反应。真不知怎么回事，碰到一个两个全是哑巴，难道这是一个哑巴村？即便是哑巴，也可以用手势交流，但他们分明是把唐烽当作隐身人了。什么缠禅村，应该叫怪人村、傻子村或者隐身村。

唐烽只好继续往上走，顺着几级石阶，又看到了一个人。这是一个妙龄女子，乍一看以为是吴剪剪，再一看，又不是。她正盘腿坐在一块巨石上，静静地打坐。这女子皮肤白净，身量小巧，眼睛半开半闭，头上戴着一个头盔。唐烽觉得很奇怪，哪有人坐禅还戴着头盔的？估计也是怪人，这个村估计就没一个正常人。

她在坐禅，他也不好发问，只得在旁边耐心地等。等了十几分钟，头盔女子做了几个收功姿势，睁开眼睛，拍拍膝盖，站了起来。唐烽还没来得及发问，她倒先开口了。

"谢谢你刚才没有干扰我，我正练到关键阶段，很怕被人吵到。"

唐烽很兴奋，终于有人愿意跟他说话了。

"我在找人……"

"一定是女人吧……"她没等他说完就抢过去说。

"是，是，她叫吴剪剪，你认不认识她？"

"吴剪剪？嗯，我应该认识，这里每个人我都认识，当然，他们也都认识我。"她说话的时候不看人，望着远处，似看未看，眼神缥缈。

"那你知道她在哪里吗？"

"不知道。"她看了唐烽一眼，目光淡然。

"那怎么办？"

"你不知道她在哪里，她却知道你在哪里。你不需要去找她，如果她想见你，自然会出现的。"

"哦……"唐烽觉得她的话似乎有道理，又似乎不太靠谱。

"你怎么不戴面具？"头盔女子突然问。

唐烽这才想起那些奇怪的俱乐部条款。

"我忘了。"

"现在就回去戴吧。以后你离开客房之前一定要记得先戴上面具，不然……不然会很麻烦的。"

然后头盔女子领着唐烽走下一级级石阶。

他们经过红砖绿瓦的古典楼房、枝叶茂密的菩提树、绿意渐浓的荷塘和八角凉亭，来到那扇锈红色大铁门前。头盔女子用手指轻轻一按，门就开了。

"指纹钥匙。"她对他说，"你回去戴头盔吧，好好待在里面，别惹事，惹事就见不到你的心上人喽。"

头盔女子出去，铁门就合上了。从头到尾没见到她的摩托车。

唐烽感到又沮丧又迷茫，但头盔女子说的"心上人"三个字，却给了他很多安慰。

心上人。很奇妙的汉字组合。他咀嚼着它们。

隔着铁门栏杆，看到那片稻田上离他最近的犁地农人是个胖子，这让他想起他的胖子助理，他们已经几天没联系了。

庭院里未见他人，连那个癞头园丁也不见了。

他不知道自己为什么会在这里，一切像做梦一样。

第五章：禅

可逆转的世界：时间的禅

唐烽在缠禅村，在空荡荡的庭院，只能乖乖待着。因为：1. 他的手机不见了，即使手机在也没有信号，无法联络他人；2. 他要在原地等待，否则吴剪剪会找不到他；3. 他觉得一切像在梦里，如果不乖可能会把梦弄醒；4. 既然是梦，吴剪剪就一定会来找他，她有梦中人气质；5. 除了乖乖等待，他无事可做；6. 他肚子饿了，不管这里是监狱还是疯人院，不管按正常逻辑还是按非正常逻辑，都不会有人想饿死他。

咚、咚、咚。敲门声匀速沉稳地响了三下。听得出敲门者是个有丰富敲门经验的人。唐烽在开门之前无意中看了一眼墙上的钟，钟向他指出 11：30。

一个外表干净整洁的男青年手拎一个保温盒，端端正正站在门口。

"请用饭。"男青年说话声跟他的敲门声一样匀速而沉稳。唐烽接过保温盒还没来得及说什么，男青年已转身离开，他走路的背影也是端端正正的，背脊挺得很直，几乎只有下半身在动，步子跟他的敲门声一样匀速而沉稳。

保温盒分三层，上层是淮山羹，中层是青菜、豆腐和茶树菇，下层是白米饭。全是素菜，但味道很不错，唐烽把它们吃得干干净净。他以前从来没挨过饿，不知道肚子很饿的时候吃饭可以这么香。

吃饱了饭，他睡了个午觉，竟然能睡得很香。幸亏他没有做梦。原本就可能在梦里了，如果再做梦就等于在一个梦里镶嵌另一个梦，而且难保那个被镶嵌的梦不会被其他梦缠上，各种梦一旦厮搅在一起，恐怕就难分难解了，那后果将无法想象。

唐烽躺在床上，想着这几天的经历，听到外面有了些由淡转浓的动静，好像是很多人同时起床的伸懒腰声、刷牙声、掀被子声、穿拖鞋声和开门声等混合在一起的声音。他爬起来，走到门边，小心翼翼转动把手，推出一条细细门缝，透过门缝，看到走廊上零零落落站着几个人。唐烽很快就发现了三点：他们都是男人；他们都戴着面具，看不清长相；他们彼此都不讲话。

唐烽把门缝闭上，打开衣柜，取出面具。

面具跟他们的一模一样，冷光黑底镶边蝴蝶形面具，可以遮住半张脸。他戴上面具，照着镜子，虽然可以看到自己的嘴唇和下巴，但他已经认不出自己了。

戴上面具的结果是：他认不出自己，他认不出别人，别人认不出他，别人认不出别人自己，别人认不出其他别人。

唐烽心里闪出一个念头，缠禅村不让大家互相认出，难道缠禅村里有他认识的人？可是他来缠禅村纯属偶然，要不是遇见吴剪剪，要不是那根绳子，他现在说不定正在哪个城市的豪华酒店里怀抱着哪个陌生美女呢。接着他忽然想起似乎曾经在某个酒桌上听到过"馋馋村"这个地方，他已无法回忆当时听到的究竟是"缠禅村"还是"馋馋村"，但他模模糊糊记得他们有一句没一句地胡扯着什么：

走来

"馋鬼去的地方！"

"色鬼去的地方！"

"人去了会变成鬼的地方！"

　　唐烽戴着面具走出来，走到面具人当中。没有人为多了一个人感到惊讶，也没有人与他打招呼。大家互不理睬，仿佛他们戴上的是有隐身效果的面具。无论如何，这让唐烽感到安全。

　　面具人似乎都很疲惫，有人打着哈欠露出陌生的牙齿；有人从客房里拿出废纸、烟盒之类的东西放进陶瓷花盆里，原来这花盆是垃圾桶；有人扭扭腰挥挥手臂做锻炼状；有人对着远处的山或不远处的树木，大口大口吸气；有人则迈着懒懒的脚步朝楼下走去。

　　面具人唐烽也下楼了，在那棵菩提树下站了站。看到荷塘边、凉亭里、青石板小道上以及后山石头上，到处都有面具人。唐烽走进今早去过的石洞，下棋人不见了。花圃里也没有见到癞头园丁。看来这个时段是属于面具人的。

　　傍晚时分唐烽觉得肚子饿了，就回到客房乖乖等着。敲门声在 18: 33 响起，这次的敲门声既不匀速也不沉稳，是"咚、咚咚、咚"。果然，门外站的不是送午餐的男青年，而是送晚餐的兔唇男子。

　　唐烽接过保温盒，看到兔唇男子脖子下面有一个刺青，虽然刺青的四分之一被一粒衬衫纽扣遮住，但仍能看出这是一个"恨"字。

　　吃完晚饭，唐烽把垃圾丢到其中一个陶瓷花盆里。看到许多面具人似乎从同一个地方回来，三五成群，但不说话，彼此心照不宣的样子。他们边走边从各自口袋里拿钥匙开门，有人放了个屁，有人打了个饱嗝，有人在剔牙，顺手把牙签扔进陶瓷花盆内，有个身形矮胖的面具人走起路来吊儿郎当，还朝唐烽笑了笑，虽然隔着面具，但唐烽还是感到那笑容里的猥琐和得意。唐烽立刻想到戴面具的另一个好处：可以不顾及形象，尽情展露真正的自己。

但这就推翻了原来的结论——借着面具，他认出了自己，更认出了别人。

唐烽回到房间，乖乖等待。等待夜晚，等待明天，等待未知的一切。

等待是希望的另一种表达方式。

墙上的钟无声地走着，唐烽第一次用尽全身力气注视时间的流逝……

剪剪。剪剪。

21：36，楼下响起汽车喇叭声。21：43，走廊上充满皮鞋敲击地面的各种脚步声，还有参差不齐、高高低低的关门声。这些声音都与他无关，他唯有继续等待。

22：27，咚咚咚咚……有人在轻轻敲门，他的心跳也随之咚咚咚咚……奇怪，他并不急着起身开门，他努力调整自己的胡乱心跳，发出只有自己才能听到的哭泣声。

门在原处，门把手在原处，两个人的呼吸隔着一层薄薄的门板……这些他都了然于心。等待有不可思议的维度，长、宽、高都无法无天，亦无依无靠。

终于把门打开。吴剪剪。

唐烽竟像走失的孩子。抱住她。痛哭。

"你怎么现在才来？"话语埋在哭声里，听来有点不像自己的声音。

只不过一天没见，吴剪剪就像换了个人。一身玄衣，头发高高盘起，眉眼还是那个眉眼，却总觉少了什么，或多了什么。她坐在床沿，把刚才怀抱唐烽的手臂抱在自己胸前，眼睛看着被唐烽脱下后放于枕边的面具。

"你怎么现在才来？"他一直重复着这句话。而她没有回答，只是神色凝重，甚至还有一丝慌乱。

"你今天都做了什么？"吴剪剪仿佛经过了深思熟虑，却问出这样一句话。

唐烽就把今天发生的事情一五一十地告诉她，包括遇见的癞头园丁、下棋者、头盔女子、面具人等等。吴剪剪边听边点头，时不时还叹一口气。唐烽像小孩子从幼儿园回来急着要跟母亲分享所见所闻一样，也不管听者是否感兴趣，竟讲得滔滔不绝、绘声绘色起来。正从送午餐的男青年，讲到送晚餐的"恨"字刺青者，被吴剪剪硬邦邦一句话突然打断：

"你尽管住下，你助理已经把钱打到村里的账户了。"

"哦……"唐烽似从梦中惊醒。想起昨晚看到的俱乐部条款内容，"手机不见了，又没有网络，你们是怎么联系到我助理的？"

"我们自然有我们的办法。"当吴剪剪说到"我们"的时候，唐烽感到她变陌生起来，从心底感到有些不快。但与她重见的喜悦很快就把这不快驱散。

"我今天还看到一个胖子，好像在田里干农活。很奇怪，我一看到他，就会想起我的那个助理，他们差不多胖。"唐烽说。

"那是个可怜人。"吴剪剪说。

【农人胖子】

二十年前，胖子比现在整整瘦二十斤，比现在整整年轻二十岁。那时他年轻、浑身是劲、一脸络腮胡，不像现在年老、虚胖无力、脸上光溜溜一根胡须都没有。

那时年轻，所以照镜子的时候乱做鬼脸也不在乎皮肤起皱；那时浑身是劲，所以老婆的心情总是很好；那时一脸络腮胡，所以5岁的儿子会被他的胡子蹭得到处乱窜。那时他们全家每天都像过年一样欢天喜地。

有一天他带儿子上街买玩具，一路上儿子吵吵嚷嚷，他有些厌烦，骂了他儿子一句什么，儿子就哭了。也不知是怎么了，那天他总心神不宁。走过天桥就是玩具店了，天桥上人来人往，还有摆摊做生意的。儿子被棉花糖吸引住，缠着要买。他想起老婆曾告诫他棉花糖吃了会上火，就没给儿子买，儿子闹着不走。他提醒儿子说天桥底下有好多玩具，哄了半天儿子仍哭闹着不走。他回想起那天的心神不宁，其实是有由来的，他一心一意想给儿子买玩具，一心一意想买了玩具就回家，因为家里有足球比赛等着他呢。所以他在天桥上指着儿子说："你再哭爸爸就不要你了！你去当野孩子吧！"他装出一副生气的样子，大步往前走，故意不回头。他知道这招很管用，数着脚步，一步、两步、三步……估计最多不超过十步，儿子就会抹着眼泪跟上来的。他那么胸有成竹，简直不谙世事。……九步、十步。他不耐烦了，一回头，天桥上人来人往，唯独没有儿子的身影。

他报了警，也登了寻人启事。所有的事实都告诉他儿子被拐卖了，找到的机会很渺茫，但他不相信。后来他离了婚，也丢了工作，开始了漫长的寻子之旅。周边的城、镇、村，任何可能的地方都去找过了，区域逐渐扩散到国内所有的城、镇、村。他有一张地图，每到过一个地方，他就在地图上画一个叉。地图上的叉叉越来越多，他脑子竟闪过一丝快意，他想杀了自己。但又不甘心，如果他死了，儿子突然回来找他怎么办？

他被折磨成一个脏兮兮、失魂落魄的流浪汉，浓密的胡须掉得一根不剩，身体虚弱，身材肥胖浮肿，脑子越来越混乱，开始有幻觉产生，最可怕的是，他身上长了好几种癌。他昏倒在路上，被好心人送去医院。他没有钱，医生说癌细胞已扩散，委婉地劝他出院。他出来又昏倒了，这次醒来醒在了缠禅村里。村里的医生亲自熬中药给他喝，一天天过去了，癌细胞并没有来烦他。村里有个图书馆，他借了些书，白天种田，晚上读书，过着没心没肺的日子。

书上什么都有。书上说，有一种时间可以随意拨弄，可以自由选择自己不愿离去的某个时刻，想活在几岁就几岁，捆住过去，或扑向未来。时间柱上刻满了生活的点滴，出生、上学、恋爱、结婚、生子、退休、抱孙子、生病、死亡。

他想回到儿子哭泣的天桥上，想牵住儿子的手，永远不放开，死也不放开。

他要给儿子买棉花糖、买玩具，买菜回家做一桌子儿子喜欢的菜。他要更疼老婆，给她更多力气。他不要再看足球比赛。他要比现在整整瘦二十斤，比现在整整年轻二十岁，浑身是劲、一脸络腮胡。在缠禅村，在书里，他把时间拨回到儿子哭泣的天桥，他得到了他想要的一切。

世界停了下来：静止的禅

唐烽想把这两天心里堆积的疑惑好好问一问，但发现想问的事情太多，以至于不知从何问起。墙上的钟指向 23：51 的时候，吴剪剪要走了。他的恋恋不舍，表现在垂头丧气里，目光跟随着她的一双脚游动。她穿着露趾黑凉鞋，心想若能把黑鞋脱了，不知是什么画面。他一直认为自己是一个低调的放浪形骸者，开采过太多的女色，但眼前的一双脚，竟让他想起了雪糕。感慨过去的时光沉淀，不过是一团混浊。

在这个古色古香的庭院，唐烽不得不为吴剪剪的脚掏心掏肺，拼命咀嚼着"冰肌玉骨""粉雕玉琢""肤如凝脂"之类的词语。

"我要走了。"她轻轻地说。他却神遨到"来如春梦不多时，去似朝云无觅处"中去了。以至于她离开客房，关上门，丢下他孤零零一人时，他才醒觉过来。

他拥被而无眠。半夜听到楼下车声和交叠的步履声，他想应该是一群面具人回来了。他们从哪里来？去哪里？他都还来不及问吴剪剪。迷迷糊糊睡了一会儿，被淅淅沥沥的雨声唤醒。下雨了。他想着吴剪剪的脚会不会被淋湿……

第二天醒来，在客房床上，在缠禅村。唐烽回味昨夜的吴剪剪，怀疑那是个梦。剪剪，剪剪，就算你穿着露趾凉鞋，你仍逃不过是一个梦。

他匆匆下楼，眼前的庭院空无一人，估计那些面具人还在睡觉。地板是干的，难道昨夜的雨也是梦？清早空气清新，他顾不上感受，一溜小跑，气喘吁吁地来到锈红色大铁门处，隔着栏杆，望向那片金灿灿的稻田。他迫切地需要在弯腰犁地的农人中寻找一个胖子。他很快就找到了他。

"胖子。"

胖子抬起头，朝他笑了笑。

"胖子，你告诉我，吴剪剪是不是你安排的？"唐烽大声对胖子叫嚷。

胖子茫然地看着他，摇摇头。

"胖子，她昨晚来找我，是真的吗？"

"胖子，我其实知道你很讨厌我。"

"胖子，你是为了钱才跟着我的，我比谁都清楚！"

"胖子，我现在该怎么办？"

"胖子，你告诉我我现在在哪里，我是不是回不去了？"

"胖子，你不用回答我了！我不是回不去，是没地方可回去！"

"胖子，我他妈很难受啊！"

"胖子，你安排一个没有职业道德的女人给我，你他妈什么居心？"

"胖子，我不敢碰她。"

"胖子，我……"

说完这些，唐烽大汗淋漓。田里农人齐齐看着他。他发现他们中间有三个胖子，都长得像他的助理。

他转身回去。庭院内站着一个男人，没有戴面具，手举一台相机，正在拍池塘里的浮萍或莲叶。唐烽大概知道了一个规律：戴面具的是客人，没戴面具的才是缠禅村的村民。

唐烽没力气也没心思与陌生人搭讪，他想起只会痴呆看他的癞头园丁，和始终当他是隐身人的下棋者，他们都对他不理不睬。他继续往前走，却听到有个声音在背后喊："喂……"

唐烽回过头，看到摄影师长着一张国字脸，方方正正的，像一本大开本的汉语词典。摄影师对他露出一个和善的微笑，从一个帆布包里拿出一张照片给他。照片里一个男人和一个女人在拥抱。看不清脸，但从他们的衣着能判断这两个人就是昨晚的唐烽和吴剪剪。

唐烽很高兴，这张照片可以确定昨晚的相见不是一个梦。从照片的视角可以看出摄影师是从窗外偷拍的。

【摄影师哈哈】

世界曾经是运动的，后来就停了下来。

哈哈原来并不是摄影师，他是一个摄影器材公司的销售主管，工作繁忙，与时间赛跑。他一天要接五六十个电话，右耳听力下降，几近半聋，只能用左耳听。他其实不想变成聋子，但他必须不停地接电话，必须不停地忙。如同有些人生下来就注定是穷人，他生下来就注定是一个忙人。他 1 周岁忙着在地上打滚，7 岁忙着上学，12 岁忙着练琴、打篮球、上补习班、参加奥数比赛，18 岁忙着高考，24 岁忙着毕业找工作，28 岁忙着跳槽、结婚、买房、买车、生孩子、离婚、加班……

车轮滚滚，打印机突突，股市红红绿绿，钞票进进出出，账号来来去去，数字上上下下，心里慌慌张张。他停不下来，每时每刻都在动。吃饭时与客户斗智斗勇，脑细胞开运动会。抽空还要去健身房，身体一刻不得闲。连坐下来喝口茶，茶水也在动。睡觉时脚也抖个不停。

他的时间是高峰期的马路，"这时"和"那时"之间没有任何间隙，挤得水泄不通。

他停不下来，所有东西都在动。世界躁动不安。

直到他进入缠禅村，成为一个村民，变成了一个摄影师，世界才渐渐停了下来。

从此，他没法再欣赏运动的世界，即使面对运动的人与物，他的眼睛也会把他们或它们定格成静止的一瞬间。雨滴凝在空中，像一个个透亮的感叹号；花香吊在路上，像一段段悬而未决的不了情。钟摆纹丝不动，溪水绝不流淌，孩子永远保持咧嘴的大笑，恋人紧紧拥抱再不分离。他爱每一个瞬间，就是不爱瞬间串起来的会动的影像。他的世界就是照片世界。他的生活就是拍照片、洗照片和看照片三件事。

在这个世界里，他获得了宁静，和宁静之后的更大片的宁静。

棍子是豆腐做的：物的禅

唐烽在后山摘了一朵叫不出名字的野花，紫色的，小小的，妖妖的。走到那块巨石处，又遇见那个头盔女子，她今天穿了一件紫色的袍子，赤脚踩在石头上，好像在练瑜伽，动作古朴舒缓，但戴着头盔练功，总感觉怪怪的，甚至有些滑稽。

今天有点热，头盔女子练完功，脸和脖子都是汗，紫色袍子湿了一片。他有一种冲动，想上前帮她摘掉那又厚又硬的头盔。

"你在练瑜伽吗？"唐烽问。

"我练的是八段锦，一种古老的气功。"她淡淡地说，"你见到心上人了吗？"

"我戴着面具，你怎么知道我是谁？"他觉得很奇怪。

"我并不知道你是谁。"她脸上闪过与年龄不相符的沧桑。

"心上人，你昨天说过的。"

"谁没有心上人？"她调皮地笑了笑，她的沧桑转眼变成了童真。

他只好也笑："我什么时候能再见到她？"

"你放心，村长会安排的。"

"村长在哪里？怎么能见到村长？"

她凝望远处，似看非看："村长想见你的时候自然会通知你，也许会派人带你去见他。"

唐烽问："怎么通知？"

她说："会派人把信塞进你的门缝。"

"为什么这么原始？为什么不用网络？"

"现代工业侵蚀人类生活，破坏大自然，村长历经千辛万苦才创造了这个世外桃源，让村民们能够过上平静快乐、悠闲自在的日子……"她声线优美，语调平缓，字正腔圆。

"我听说村民不能自由进出这里。"

"那是为了保护缠禅村不受外面的干扰，村民是完全自由的。申请成为村民有完整严格的程序，当然如果不习惯这里的生活，也可以提出离村申请，但通常出去后还会想回来……"

"为什么我要戴面具？为什么我不能离开那个铁门？"

"有些事你慢慢就会知道。"

"我现在就想知道！你带我去见村长吧！"

"不可能。"头盔女子用笃定的眼神看着他。

"为什么？"

"不为什么。"头盔女子语气柔柔淡淡，"在缠禅村，要'知其妙而不知其所以妙'，要有一种读诗或入梦的精神……"

"我不太懂你的意思。"

"何必懂？何必不懂？似懂非懂半懂不懂……"

"你见过村长吗？"

"没有。我只收到过他的信。他的信很有意思，但看完必须烧掉。你的问题问完了吗？"

"最后一个问题，你为什么一直戴着头盔？"

【头盔女子苏泥】

苏泥原来并不戴头盔，名字也不叫苏泥。

她曾经有一个高贵的名字苏云。后来发生了一件事，让她从一朵云变成了一摊泥。

那年她17岁，跟一个男孩谈恋爱。男孩跟她一样年轻，高高帅帅，有一双清澈而忧郁的眼睛，让她很心动。后来男孩回了老家，邀请她到他老家玩。她就去了，转几次车，终于见到了他。玩了几天后他们又依依不舍地分别了。那天男孩没有送她到车站，她也没有说什么，她是一朵高贵的云，自尊心也很强。夜晚的县城车站空荒荒，她在寒风中瑟瑟发抖，像一朵颤抖的云。夜色越来越浓，浓得像劣质墨水被打翻，浸染了整个天空，车子还没到站，一根棍棒打晕了这朵云。

醒来知道自己被三个歹徒轮奸了，他们最终没要她的命。头上的伤口结痂了，下身还在流血，她给自己改名为泥，在心里不停默念着："你是泥，你活着，你是泥，你活着，你是最低贱的泥……"

念着念着苏云就变成了苏泥。虽然她还很年轻，有符合标准审美的脸蛋和身材，但常常在照镜子时被自己吓到，她觉得镜中那个女人满眼是血，满脸是带刺的闪电。

她穿着衣服洗澡，不敢走夜路，不再谈恋爱，只要看到棍子或石头，就会心跳加速、脸色惨白，三魂去了七魄。讲话颠三倒四，做事一惊一乍。看了心理医生，无效。无人能理解她的行为怪异，她因此一次次丢了工作。

后来她进入缠禅村，村长送给她一个头盔。她带上头盔就再也不愿脱下来。洗澡和睡觉也不脱下，大暑天大汗淋漓也不脱。

她说，要脱头盔，除非她死了！

她戴着头盔在村里走来走去，没有人觉得她怪异。她白天坐禅、练功，晚上到礼堂表演，这些就是她想过的日子，也是她唯一能过的日子。

苏泥说："别人怎么对我都行，但得在我清醒的时候。我讨厌在我失去知觉的时候对我做任何事情，即使是天底下最好的事；我可以眼睁睁地看着别人对我做任何事，即使天底下最坏的事。我憎恨被打晕的感觉，我什么都可以不要，只要清醒。"

村长经常跟她通信交流，她把村长的思想或言论铭记于心，并乐于讲给村民们听，她几乎成了村长的代言人或传话筒。

村长说："宇宙中所有的一切都是物，物与物之间互相在变化，叫物化。人也是物，男欢女爱生出新的人，也是物化。米饭、面包、青菜、猪肉等等，经过变化又变成了人，人排泄出汗、唾液、大小便，又变成了肥料，肥料再变成万物，一切万物又互相变化。而且非变不可，没有一个东西是不变的。"

在缠禅村外，人们认为钱是宇宙的主宰。钱可物化成房子、车子、食物、药品、水、电、光……

在缠禅村内，大家知道整个宇宙就是一个大化学的锅炉，人只不过是里面的一个小分子而已。宇宙中的任何物都是平等的。

在苏泥的头盔世界里，物与物相生相克，相亲相爱。所有的棍子和石头都是豆腐做的。或者说，棍子和石头经过复杂的物化过程，最终变成了豆腐。

拾碎片的人：呼吸的禅

快到中午了，头盔女子苏泥催唐烽回客房吃午餐。

她说："给你送午餐的人叫阿强，是村里最谨慎小心的人。他的时间必须分毫不差，晚了一秒钟你就吃不到东西。"

唐烽回到客房，果然 11：30 整，咚、咚、咚，敲门声匀速沉稳地响起。门打开，阿强端端正正站在门口，手里拎着保温盒。

"请用饭。"阿强说话声跟他的敲门声一样匀速而沉稳。唐烽接过保温盒后盯着阿强看，阿强脊背挺得像个战士，也盯着唐烽看。阿强的眼睛不大不小，眼黑眼白分布均匀，睫毛与睫毛之间有着相同的间隙，两个黑眼圈有着相同的形状和明暗度、深浅度。

阿强盯着被蝴蝶形面具包围的唐烽的眼睛发愣。

"嗯……"阿强稍稍迟疑了一下，然后用匀速而沉稳的语调说，"面具要保持清洁，每天用湿毛巾擦，让它自然风干，否则会有细菌感染。"

"哦，谢谢。"唐烽下意识地摸摸自己脸上的面具。

"饭趁热吃比较好。"阿强死死盯着他被面具半掩的脸，不知能看出什么来。

走廊上三三两两的面具人正从客房离开，脚步声"踢踏踢踏"的，阿强微微皱了皱眉头。

"他们的饭不用我送。"阿强仿佛能读出唐烽心里所想。

"为什么？"唐烽忘了头盔女子教导他要似懂非懂，他忍不住想究根问底。

"他们去餐厅用餐。你过了考验期，就可以跟他们一起用餐。

两天后。"阿强说话不但匀速而沉稳，而且没有情绪起伏，而且用词节省不浪费，而且能猜出对方的问题不问自答。

"进来坐吧。"唐烽说。

阿强只迟疑了一下，就拒绝了唐烽。

"我不能进去。我还有事。"

"有什么事？"

"我的衣服还没洗。"

"晚点洗不行吗？"

"不行。"阿强说完，朝唐烽点了下头，就转身走了。脚步均匀而沉稳。

今天的午餐是西红柿豆腐汤、炒茄子和油焖笋干。唐烽吃得干干净净。

【送餐的阿强】

阿强的呼吸是破碎的。世界是破碎的。他每天拾捡自己的碎片。

每天早上醒过来，他都要使劲地回忆昨晚睡得好不好，大概深睡眠多长时间，浅睡眠多长时间，全清醒多长时间。他对时间耿耿于怀，甚至用时间来吓唬自己。几点吃饭，几点睡觉，每天喝几杯水，上几趟厕所，洗澡用掉多少沐浴露，衣服多久洗一次，洗衣起多少肥皂泡泡，每件平均洗多长时间。牙刷头朝上还是头朝下，被子叠成正方形还是梯形，拖鞋朝南放还是朝北放，袜子在左抽屉还是右抽屉……这些都必须严格遵循他自己的规则。如果哪个地方违反了他的规则，他都会沮丧半天，沮丧完后，就计算沮丧带给他的负能量有多少。得出计算结果后，他就强迫自己笑，强迫自己不在乎，他要制造相匹配的正能量来弥补那些损失的负能量，往往把自己弄得皮笑肉不笑。

有一次刚洗完澡，要擦身子时，浴巾的一角不小心碰到地上。他觉得浴巾脏了，但又没有其他浴巾可擦，就光着身子一直等身上的水分自然风干才穿上衣服。于是第二天就感冒了，继而又发展成肺炎。

医生交代他要多喝水，他问每天喝多少杯，医生说 8 杯，他问多大的杯子，医生说了一个标准，他买了符合那个标准的杯子。在房间里计算喝水的次数以及时间，如果某个时点忘了喝，他就会万分沮丧，坐立不安，接着又后悔不该制造负能量。

朋友一家到他家玩，小孩子吃饼干时饼干渣掉在他刚洗过的地板上，于是他的视线完全被饼干渣深深吸住，魂不守舍。朋友谈笑风生，他时不时拿眼偷瞄地上的饼干渣，他们说笑的内容他一句也没听到，只盼着他们一走，他就可以马上扫去饼干渣。朋友一家还没走，他脑子里已经把清扫饼干渣的特写画面预演了一遍又一遍。他知道这样很不礼貌，但无法控制。他强迫自己不能这样。焦虑而烦躁。他强迫自己不要再强迫自己了。

阿强最害怕夜晚的到来。他要严格按照自己规定的时间睡觉，风雨无阻，雷打不动。但睡觉的时候他特别忙，忙着指挥呼吸，但呼吸信马由缰任我行。他驾驭不了自己的呼吸。叫它呼气，它偏吸气；叫它吸气，它又呼气。一呼一吸没有节奏，乱了阵脚，长长短短，长亭更短亭，长绳绕短绳，长话短说，长亭外古道边短短一棵大白菜……长吸处几次断裂，几欲窒息；短呼时多方憋吁，多想顺心。

他越关注呼吸，呼吸越无法无天、破碎不堪。他强迫自己不要关注呼吸了，无效，他就强迫自己不要强迫自己关注呼吸了，仍无效。他强迫 n 次方自己，总是无效，无效的 n 次方。

在缠禅村，阿强首先要学呼吸，学会了呼吸，才能学会睡觉，学会了睡觉，才真正拥有夜晚，拥有了夜晚，才能拥有明天。明天永远放在一个夜晚的前方，不会呼吸的人，怎么能摸到明天呢？

村长的理论很简单：当呼则呼，当吸则吸。呼吸是人的本能运动，不需要靠人的意识去控制。身心自然放松，加上意守丹田，不断练习，久而久之呼气变长，吸气变短。练到一定状态，要似守非守，乃至不守，也就是恬淡虚无的境界。

阿强坚持打坐、调整呼吸，他的碎片一天比一天少，他的呼吸一天比一天顺畅。村长说，他很快就会拥有完整的世界，那时候他再也不会被饼干渣弄得魂不守舍，也不会因为浴巾一角弄脏而感染肺炎。阿强问村长那时候是什么时候，村长从不给他答案。

在缠禅村，村长从不告诉你什么是禅。

雨夜敲门声：棋的禅

睡过午觉，唐烽决定去后山找头盔女子苏泥，未见，却遇到那个跟自己下棋的男子。他仍穿着那件白衫，应该刚下完棋。才从石洞出来，就看到唐烽，叫住了他。

"朋友！"

唐烽停下脚步。

"你是新来的吧？"下棋男子声如洪钟，面带喜色，不似下棋时的气定神闲。

"你怎么知道？"唐烽还以为自己忘了戴面具，下意识摸摸脸。

"很简单，只有新来的人才有闲心看风景。"下棋男子一副自信满满的样子。

"我没有看风景。"

"那么你就是在找人。"

"我是在找人。"唐烽一想到他上次装聋作哑的德行，就不太想理睬他。

"你找这个人有什么要紧事吗？说来听听，我或许能帮你。"

见唐烽没回答，他继续问："你来多久了？谁带你来的？住得习惯吗？有没有碰到奇怪的人？"

听到最后一个问题，唐烽就忍不住了，脱口而出："最奇怪的人就是你。"

他听了哈哈大笑起来。唐烽注意到他脸色白里透红，额头发亮，白衫下摆有一抹苔藓痕。

"你还是个孩子啊哈哈哈……"他笑个不停。唐烽不知道有什么可笑的。

"今天看来不会下雨喽。"他终于止住了笑，问，"你叫什么名字？父母是做什么的？家里几个兄弟姐妹？都结婚了没有？有没有买保险？准备在这里住多久？哪个学校毕业的？上班没有？一个月多少薪水……"突然又说，"哦，我差点忘了，你们这些人都是……都是含着金钥匙出生的，哪里还要读什么学校上什么班……"

唐烽听得很不耐烦，就说："你还是下棋的时候比较不奇怪。"

"我呀，我还行吧……"他突然像发现稀世珍宝一样对唐烽上下左右打量了一番，"其实你比我更奇怪！呵呵，我就喜欢奇怪的人……"

唐烽实在不想跟他啰唆下去了，拔腿要走，却被他展开双臂拦住。

"别生气，孩子，我没有恶意，我就是想知道你这面具后面是一张什么样的脸。"下棋男子意犹未尽，眼睛炯炯有神。

"你不是缠禅村村民吗？村规不是规定我们不许摘下面具吗？"

"村规？村规没有这条啊。"他眼珠子打了几个转，摆出一副思考状，又说，"哦，我想起来了，你是俱乐部的贵宾……不过，村规可没规定我们不能去摘贵宾的面具啊……"

唐烽终于懒得跟他磨叨下去了，快步走开，听到他在后面笑中带话，话中带笑："哈哈哈……我跟你开玩笑的哈哈哈……"

唐烽自己走了一会儿，看到后山的野花在阳光下姹紫嫣红，心里念着吴剪剪，想到她的冰凉的手、雪糕一样的白脚丫以及莫名其妙就红的脸，满脑乱糟糟。走着走着竟差点迎面撞到那个下棋男子。

"不好好走路！看，花儿都被你踩到了！"下棋男子摆出一副怪罪的样子，转瞬之间又换成嬉笑状，他的面部表情可真丰富。

"哦？是吗？"唐烽低头看了看，突然想起来什么说，"你一定见过村长吧。"

"我可能见过，也可能没见过。"

"怎么回事？"唐烽有些恼火。

"我的意思是，我可能见过村长，但未必知道我见的那个人就是村长，我甚至可能跟他聊过天、喝过茶，但我不知道谁是村长，也可能别人以为我是村长，但我并不是村长……"

唐烽被他绕晕了。

【跟自己下棋的人】

不同的门后面发生不同的故事，同一扇门后面发生不同的故事，不同的门后面偶尔也发生相同的故事。故事总在发展，故事生下小故事，故事开枝散叶，小故事长成大故事，故事枝繁叶茂。故事也会戛然而止，故事也会单调重复，故事会攀延到另一个故事肩头，故事会吃掉另一个故事。

他喜欢跟自己下棋，喜欢收集故事。每个棋局都丰富多彩，每个故事都变幻莫测。

每一个下雨的夜晚，他都要敲开一扇陌生的门，然后静观事态发展，随之反应，这样他就进入了别人的故事，成为那扇门后面发生的故事的一部分。他是一个行为艺术家，一个故事研究者，一个感到生活乐趣无穷的人。

有一天，他以故事的方式进入缠禅村。他对村里每一扇门都感兴趣。但村里的门都一模一样，门里的人也大同小异。

他把外面的故事和缠禅村的故事做了对比性研究。为研究方便，他把自己简写为"棋"——

甲门（村外）

雨夜敲门声。门打开，这扇门后面是一对老年夫妇的家。老头正在看电视，老太正在拖地板。

棋：不好意思打扰你们。下雨了，我能进来避一下雨吗？

老头：下雨啦？

老太：进来吧。

棋：这房子好像有年代了。

老头：老房子了，又破又旧，除了挡风避雨，其他一点用都没有。

棋：房子本身就是用来挡风避雨的，呵呵。

老头：那可不一定，现在的年轻人什么都要新的贵的，才不住这种老房子！

老太：说这些干什么？我年轻的时候你也从来没给我买过贵的东西。

老头：怎么没买过？你脑子都老化了，好事情都记不住，尽记那些没谱的事。

老太：行行行我老化了，你不老你还年轻……

老头：我也老了，谁不会老啊，你说是不是？

棋：呵呵，我看你们都还硬朗着呢。

老太：他是硬朗着呢，昨天还做春梦……

老头：你胡说八道什么！不要再拖了，整天就知道拖拖拖，地板都被你拖烂了！

老太：你又想吵架是不是？整天都跟我吵，都吵一辈子了！

老头：我不想吵架！是你想吵架！

棋：哎呀哎呀，你们谁都不想吵架。那么幸福的一对儿，我看着都羡慕呢。

老太：羡慕个屁！

老头：狗屁羡慕！

棋：呵呵，呵呵。

老太：人老了，就没意思了。

老头：我觉得挺有意思！

老太：你心里头有念想，当然有意思啦！

老头：又来了！你还有完没完？当着外人的面，你还上头上脸的……

老太：当着外人的面怎么啦？我心里堵，堵一辈子了，就算当着全世界的面，我都不在乎了！

棋：什么事这么严重啊？

老头：没事。

老太：有事。好事。

棋：什么好事啊？

老头：雨差不多停了吧。

老太：没停，还下着呢。

老头：人老话多。

老太：他年轻时候的风流账我都一笔一笔记着呢。我也不怕你听了笑话，我就是嫉妒心强，我就是醋坛子！我最不甘心的是我生孩子那年……

老头：雨是真的停了……

棋：生孩子那年。

老太：生孩子那年，我从医院检查回来看到床底下……

老头：雨停了雨停了该走了……

老太：床底下那白底小蓝花裙子……

老太：没雨了没雨了……

门被重重关上。

甲门（村内）

雨夜敲门声。门打开，这扇门后面是一对老年夫妇的家。老头正在看书，老太正在缝衣服。

棋：不好意思打扰你们。下雨了，我能进来避一下雨吗？

老头：下雨啦？

老太：进来吧。

棋：这房子好像有年代了。

老头：是啊，越住越舒坦。

老太：住久都有感情了。

棋：你们好幸福啊，我看着都羡慕。

老头：不用羡慕，每个人都一样。

老太：是啊，都一样。

乙门（村外）

雨夜。这扇门后面是一家破旧肮脏快餐店。

快餐店里吃饭的人很多。一个二十来岁的姑娘独自坐在一张餐桌前，并没在吃饭，而是盯着菜肴发呆。棋观察她。原来她在菜里发现一只苍蝇，她盯着苍蝇发了一会儿呆，然后一口把苍蝇连菜吞下，吃得津津有味。

棋坐到这张餐桌旁。与她面对面。

棋：你是本镇的人？

姑娘：不是，我在这个镇上上班，3年了。

棋：3年，1000多天。

姑娘：你是本镇人？

棋：我不是，我路过这里。

姑娘：哦。

棋：苍蝇好吃吗？

姑娘：还行。你不妨试试。

棋：我很佩服你。

姑娘：我很烦。

棋：烦什么？

姑娘：有一件事我老是不明白。

棋：什么事？

姑娘：我上班的办公室里我最瘦，我的手最细，但是每天早晨打扫卫生的时候都是我拎水桶。科长有一次毫无表情地对我说："你的手很细。"我以为会有下文，但是没有，她喉咙痒一下，就不说话了。然后我拎起水桶就走了。

棋：你的手太白太嫩了，这是你的错误。

姑娘：怎么办？

棋：晒黑！弄粗！这样你才会有前途。

姑娘：还有，经理喜欢胖，三个科长都超过150斤。

棋：你呢？

姑娘：我只有90多斤。

棋：你想长胖？

姑娘：不！我觉得那会很丑。

棋：你怀疑自己的审美有问题？

姑娘：是的。

棋子：我可以给你我的答案，关于你的审美，但是用什么来证明答案的对错呢？我知道有一个东西不会说假话，但恐怕你不敢用它……

姑娘：什么东西？

棋：你脱光自己的衣服，其实也不需要全部脱光，你站在经理的面前，他身上的某个部位会告诉你答案的！

姑娘：你是个混蛋！

乙门（村内）

雨夜。这扇门后面是一个免费餐厅。村里所有的餐厅都是免费的。

餐厅里吃饭的人很多。一个二十来岁的姑娘独自坐在一张餐桌前，并没在吃饭，而是盯着菜肴发呆。棋观察她。原来她在菜里发现一只苍蝇，她盯着苍蝇发了一会儿呆，然后一口把苍蝇连菜吞下，吃得津津有味。

棋坐到这张餐桌旁。与她面对面。

棋：你是这儿的人？

姑娘：是。你呢？

棋：我也是。

棋：苍蝇好吃吗？

姑娘：好吃。

棋：我很佩服你。

姑娘：我在回味。

棋：回味苍蝇？

姑娘：回味过去。我曾经在一家破旧肮脏的快餐店吃过一只苍蝇。那时候我告诉自己，世界上所有的快餐可以分为两种，一种是没苍蝇的，另一种是有苍蝇的。如果想活得愉快一点，就要时时保持一颗平常心，尤其是遇到快餐里的苍蝇的时候。

棋：后来呢？

姑娘：后来我就选择活得愉快一点啊。

棋：这两只苍蝇有差别吗？

姑娘：味道没差别，心情有差别。那次我是用强大的精神力量来吃的，吃完其实老犯恶心。这次我是怀着悼祭的心情来吃的，回味过去，憧憬未来。

棋：世上无净土。

姑娘：苍蝇处处有。

丙门（村外）

雨夜敲门声。门打开，这扇门后面是一对年轻夫妇的家。女人在哭，男人沉默不语。

棋：下雨了，我能在这里避避雨吗？

男人不说话，点点头。

女人：我给你倒杯茶。

棋：你为什么哭?

女人：我今天被单位开除了。

棋：为什么开除你?

女人：我踢了一个男同事的睾丸。

棋：为什么踢他?

女人：我头痛。

棋：哦，听起来很复杂。

女人：确实很复杂。我丈夫更早之前就被开除了，我们都失业了，我们的生活从此不可想象……

　　……

丙门（村内）

雨夜敲门声。门打开，这扇门后面是一对年轻夫妇的家。女人在哭，男人沉默不语。

棋：下雨了，我能在这里避避雨吗?

男人不说话，点点头。

女人：我给你倒杯茶。

棋：你为什么哭?

女人：我是个作家，但我总是写着可能永远发表不了的小说，但这并不是我哭的原因。

棋：那你到底为什么而哭?

女人：多年来我一直想写一本真正的小说，但什么是真正的小说，我却不知道。

　　……

丁门（村外）

雨夜敲门声。门打开，这扇门后面是一个兔唇，兔唇上面是一个圆圆的大鼻子，鼻子上面是一双充满仇恨的眼睛。

兔唇：你找谁？

棋：不好意思，外面在下雨了，我想……

兔唇：你想进来躲雨？

棋：打扰你了。我可以进去坐坐吗？

兔唇：不行。

棋：这雨下得很大，看起来没那么快停……

兔唇：你去别人家躲雨吧！

棋：我敲你家门，说明我们有缘分……

兔唇：我不相信缘分！我跟谁都没缘分！

棋：那我们聊聊，说不定聊完你会改变你的想法……

兔唇：不可能！别来打扰我！傻瓜！

门关上了。

丁门（村内）

雨夜敲门声。门打开，这扇门后面是一个兔唇，兔唇上面是一个圆圆的大鼻子，鼻子上面是一双温柔的眼睛。

详见下一节"恨的禅"——

了无一物可得：恨的禅

听完棋的故事，唐烽更晕了，而且他的故事也令人饥饿。唐烽想送晚餐的应该快去敲他房门了，于是往客房方向走，边走边想棋在雨夜敲开的门里，那个因为写不出真正小说而哭泣的女人，多像舅妈啊。

进入客房，时间差不多了。

今天送来晚餐的仍然是那个胸口有"恨"字刺青的兔唇男子。

【十八梅】

兔唇男子说："我一看到你就知道你是来干什么。外面下那么大的雨，你又没带雨具。"

兔唇男子说他从小就有一个外号叫"十八梅"。因为他上司、同事、同学、同学的同学、朋友、朋友的朋友，他们有人买房，有人买车，有人结婚，有人生子，有人发财，有人英俊，有人魁梧……唯独他什么都没有，没相貌，没身材，没房子，没车子，没学历，没老婆，没孩子，没父母……

"十八梅"就是"十八没"。他生下来就是兔唇，被父母遗弃，从小在孤儿院长大。他什么都没有，连嘴唇都不齐全。他恨所有的人，恨整个世界。他在身上刺"恨"字，强调自己对世界的仇恨已经深深烙进了皮肉里、血液里。

兔唇男子倒了一杯茶给雨夜敲门者棋，然后把自己上衣脱下来，露出背后的"爱"字刺青。

兔唇："人们通常看前不看后，断章取义。"

棋："这个'爱'字刺得很好看。它是怎么来的？"

兔唇："其实很简单。十八梅在村里不算什么，十九梅、二十梅大有人在，瘸腿的王大爷去年牙也掉光了，瘫痪的钟叔从六岁开始就没站起来过，还有那个智障的小四，伴有心脏病并发症，听说他压根就活不过二十岁。"

棋："是啊，谁比谁好多少？"

兔唇："我十八梅其实没什么想要的，就是想要别人对我尊重一点，别叫我兔子兔子的。"

棋："他们叫你兔子？"

兔唇："兔子其实也没什么。从前他们叫我兔子，我天性软弱，不敢对他们怎么样，就把恨转向兔子，其实我是个没用的东西，连恨都不会恨。"

棋："连恨都不会恨，只有去爱了，呵呵。"

兔唇："你别笑……后来村长教会我了。"

棋："教你爱？"

兔唇："教我恨！要学会爱，首先得学会恨。他给我几只玩具兔子，要我把心里的兔子杀死。"

兔子的几种死法：1.坠楼而死；2.上吊而死；3.溺水而死；4.活埋而死。

兔唇："兔子死了，世界上就再也没有兔子了。"

棋："这个恨是禅的一种？"

兔唇："你没听他们说缠禅村的村长从来不告诉你什么是禅吗？"

棋："唉……其实我最想研究村长的故事。可惜我们都没见过村长，甚至不知道他是胖是瘦是男是女。"

兔唇："我不管村长是谁，反正在村里，'没有'比'有'更逍遥。"

无药可救：孤儿的禅

唐烽目不转睛地盯着墙上的钟。他从前是不需要时间的，现在他需要的也仅仅是时间的一部分：24 小时的不断重复。他从不关心何年何月何日，对时令的认识也仅仅是通过天气的冷热，而判断天气的冷热则通过衣服的厚薄。比如胖子助理送他到机场的时候他穿着薄呢夹克外套，刚遇到吴剪剪时他穿着长袖棉质衬衫，而现在他已换上了短袖蚕丝 T 恤。这些说明了时间在走动。

他把窗户打开，夜风凉爽是次要的，重要的是夜风会裹挟伸手可触的真实世界的气息，好让他确认自己不是在做梦。他抚摸窗框上的古朴雕花，有种隔世的清凉在他呼吸之间徐徐传送。从窗口可以窥探楼下仿佛被时间染了墨的深深浅浅和影影绰绰。再远一点，青石小径纵横隐没在草木丛中，蜿蜒徘徊。风来疏影动，不见访夜人。

等待是一种活着的仪式。

不知等了多久，门终于响了。剪剪。

她戴着黑黑的宽檐帽子，脸一半掩在阴影中。黑色短袖衫，把手臂衬得越发雪白。而雪糕一样的脚却藏了起来，她穿的是乌黑的布鞋，连鞋带都是黑的，绑得扎扎实实，生怕雪糕会化掉一般。

"你怎么才来？"唐烽也许是等得太久了，明明心里高兴得不得了，脱口而出的话却含着一丝抱怨。

吴剪剪笑了笑，笑得并不自然。凝重的神色像面纱一样蒙上她，一会儿又消失不见。她的眼睛闪闪烁烁，嘴唇似启非启，一副欲言又止的模样。

唐烽呆呆望着她的黑鞋带，莫名其妙地联想到了她旅行袋里的那根漂亮绳子。他一直都想问问这根绳子的，却好像被一种无形的奇怪力量阻止，一直都无法启齿。

吴剪剪依随着唐烽的目光，垂头看向自己的鞋带，突然说："我问你，你对我一无所知，干吗要跟我来？"

"我也没什么地方可去，去哪里都一样……"

"都一样吗？"

"我正想问你，这个地方到底怎么回事？关着不让出去，还得戴面具，问谁谁都在装傻！"

"吃得不好吗？住得不舒服吗？"

"不是吃的问题……"

"你既然来了，就别想那么多……我可以向你保证，没人会把你怎么样……我想你会越来越喜欢这个地方的……"吴剪剪喃喃说着，若有所思。

"你喜欢这个地方吗？"

"对我们这种人来说，这里是避难所；对你们那种人来说，这里是……是天堂。"

"什么这种人那种人？我是哪种人？"

"有钱有势，养尊处优，喜欢寻找刺激……"

"哦……的确是……我在你心目中也就是这样……"唐烽感到很沮丧，以至于不敢再看吴剪剪的脸，他只得跑进洗手间，开水龙头，洗手，关水，再开水龙头，再洗手，再关水。出来。大胆直视吴剪剪的脸。深呼吸，好像在酝酿着什么。

吴剪剪反而低头不看他，只轻轻地说："只要你舍得花钱，你就会喜欢这个地方。"

"我看未必。"唐烽把这四个字说得铿锵有力后，又自觉无趣。

"那你又何必跟我跑来这里……"

"我喜欢跟着你，跟着你我就有路了……"

"你有很多路，在米字路口你就错了……"

"你自相矛盾了，剪剪。"

她听到他叫她"剪剪"，脸红了。

他喜欢她脸红。

"对了，剪剪，这俱乐部的名字也很奇怪……"

"是奇怪……你当时什么都不问就跟我走，难道你不感到奇怪吗？"

"我感到不奇怪，那时候我觉得我们同病相怜，是同一种人……"

"同一种人？"

"你跟我一样，我们身上都有孤儿的气质。"

……

唐烽什么都不想了，把她紧紧拥入怀中。她像一直都等待这个怀抱，在他怀里一声不吭，静如乖猫。他像得到鼓励，把她抱得更紧了。只有静，毫无欲念。

这个拥抱让他更加确定自己是一个孤儿。

这个拥抱让她更加确定自己是一个孤儿。

【唐烽与吴剪剪】

唐烽的生存哲学相当简单：喜欢开玩笑，开低级或高级玩笑，但不喜欢玩笑之后的尴尬与负面结果；喜欢做爱，喜欢跟各式各样的美女做爱，但不喜欢做完后的空虚和无聊；喜欢旅行，但不喜欢单独旅行，也不喜欢跟熟识的人结伴旅行。

唐烽的生存哲学换一种解释其实就是：他很明确很强硬地知道自己喜欢什么或不喜欢什么，并且任它肆意挥洒。

他也尝试过去爱一个女人，通常在爱之前要先去了解她，但问题是只要对某个女人有了一点点的了解或接触，他就没办法很纯粹地跟她上床了。那些无关紧要的东西会冲淡他肉欲的热情。所以他需要的女人，除了年轻貌美，除了还算卫生，最重要的是足够陌生。越陌生，获得的刺激越浓重。

他是一个低调的放浪形骸者，喜欢刺激和平静。他要越来越不平凡的刺激来唤醒他麻木的神经，他要越来越平凡的平静使他的心灵歇脚。

夜店是一个充满刺激的地方。他换上黑色皮衣走进夜店，脱下黑色皮衣露出灰色阿玛尼 T 恤，用酒精把自己弄得头晕眼花，在跳舞的女郎中间，疯狂地摇摆。女郎们眼神迷离，眨着或真或假的睫毛，抖着或真或假的胸。

他跟一个陌生的大波女跳贴身舞，用雄性肉体碰撞雌性肉体，两种荷尔蒙物质在震耳欲聋的疯癫舞池里狠狠交战，蠢蠢厮杀。

他把嘴对着她耳朵吹着酒气，咬牙切齿地大声说："告诉你一个秘密，我是一个孤儿。"大波女吓了一跳，舞步都乱了，鞋跟一歪，高跟鞋就安静了，但这种微不足道的安静在庞大的噪音世界里，比蚂蚁还卑微。大波女脸上露出更多的暧昧不清和浓艳媚笑。

他们搂着腰走进卫生间，锁上门，在脏兮兮的抽水马桶上，搞。

他说："你很强。"

她说："我第一次。"

他说："你骗鬼差不多。"

她说："我第一次跟孤儿干，太兴奋太刺激了！"

他说:"你跟我一样无可救药。"

吴剪剪的生存哲学就复杂多了,复杂到她根本无法总结。她觉得,没父母的不一定是孤儿,有父母的也不一定不是孤儿。孤儿是一种病入膏肓、无药可救的动物。孤儿不需要哲学,不需要相信什么。孤儿从出生到死亡,是一些无用的枯枝败叶堆积起来的数字,时间被漫不经心地抛弃在空间里,如此而已。

吴剪剪幻想过的最可笑的孤儿是这样的:

一个孤儿到朋友家做客,朋友的家人热情款待他。之后,朋友把相册拿出来给他看,并介绍:"这是我的舅舅、舅妈、大伯、二伯、三叔、四婶、表哥、堂妹……"

孤儿回家后,把自己打扮成各种模样,自拍照片,然后把照片都放进相册里。

有一天那个朋友来孤儿家,孤儿就把相册拿出来,一个一个给他介绍亲戚:"这是我的舅舅、舅妈、大伯、二伯、三叔、四婶、表哥、堂妹……"

吴剪剪为自己的幻想笑得四仰八叉。她必须想办法逗乐自己,这是孤儿的宿命。

存在是个谜:记忆的禅

墙上的钟和天色的黑,又把唐烽带到了夜晚。面具人在走廊发出脚步声和把垃圾倒进陶瓷花盆里的声音,后来唐烽又听到了车声和笛声。他把自己耳朵训练得很敏锐,不用开门就能分辨谁来了谁走了。他知道楼下现在停着一部小型垃圾车,一个三十七八岁的妇人每天固定这个时候会来收垃圾。大概一个小时后，她会开着垃圾车离开。她的背影让唐烽想起了自己的母亲。

唐烽戴上面具下了楼，开垃圾车的妇人正忙碌着，垃圾又脏又臭，没有人愿意靠近它。唐烽强忍着难闻的臭味爬上了垃圾车。

昨天癞头园丁告诉唐烽，想要走出那扇铁门唯一的办法就是偷偷爬到垃圾车上跟垃圾一起离开。他还说，村民都亲切地称呼那个开垃圾车的女子为"垃圾夫人"，因为她在做最伟大的垃圾事业。每个村民都有自己的故事，除了那个整天下棋的家伙，谁也不会对别人的故事追根问底，但那个整天下棋的家伙也没恶意。村民们都心怀善意，日复一日过着相安无事的生活。

后来癞头园丁又提醒唐烽最好不要跟垃圾夫人太靠近。他说，垃圾夫人的故事确实太离奇了！难以想象，一个女人从睡梦中醒来，突然变成了杀人犯，而她竟然不知道自己杀了谁。

"不过你也不要怕，她对每个人都很好，她不会伤害任何人，只是别太靠近了，毕竟她有那么离奇的过去，她的话你可以听，但不要全信……"癞头园丁叮嘱得很仔细，也很自相矛盾。

"我不怕，我也是杀人犯。"唐烽坦白地说。

癞头园丁笑了笑，摇摇头，就不知该说什么了。

唐烽在垃圾车上，尽量跟垃圾保持距离。其实垃圾都被一个个黑色塑料袋包扎得严严实实，并不脏，受罪的是鼻子，垃圾会穿越塑料袋一浪一浪地散发臭味，挑战着唐烽富贵而洁净的鼻子。唐烽捂着鼻子，皱着眉头，在车玻璃外景物的移动中得知垃圾车已经开离了庭院，驶向外面的村庄。

"我绕一圈再把你送回去吧。"前面的垃圾夫人突然开口了。唐烽不敢吭声，心想车里难道还有其他人。

"你就当跟着我看一回风景。车上味道闻不习惯吧？"垃圾夫人又说。

"你知道我上车了？"唐烽只好说。

"知道。"

"谢谢你不揭穿我。"

"这没什么。"

唐烽透过车玻璃，借着月光和远远近近、稀稀疏疏的灯光，终于看见了缠禅村。眼前的缠禅村跟吴剪剪叙述中的缠禅村并不一样。眼前的村庄陷于半明半暗的夜幕中，呈现着不明不暗的质地，唐烽只有借着吴剪剪的叙述，来勾勒自己心里的缠禅村。

缠禅村是一个圆形的迷宫。里面有许多一模一样的圆形回廊，每一个回廊的护栏边都摆放着花，一盆连着一盆。缠禅村里所有房子的大小、形状、颜色以及门窗样式都一模一样，浅蓝色的窗玻璃被深紫色的窗帘遮掩，深紫色的窗帘被更深颜色的天空遮掩，变成了说不出来的颜色。除了回廊和房子，缠禅村里有很多一模一样的八角石亭，一模一样的石条椅子，以及一丛一丛相互雷同的细瘦紫竹。所有的道路都是圆形的石板路，路边种着丁香花、薰衣草以及叫不出名字的大树，石板路中间则是大片的稻田。小型垃圾车在石板路上慢慢行驶，开着开着，就能看到一个八角石亭，亭内无人；开着开着，又看到一个八角石亭，亭内无人。村民们秉承古风，早睡早起，所以夜里亭内总无人。开着开着，看见竹影斜斜，闻见稻香幽幽……

"我怎么没看到佛堂和寺院？"唐烽问。

"谁说缠禅村就一定要有佛堂和寺院？"垃圾夫人反问道。

"那为什么叫缠禅村？禅是什么？"

"禅不是任何一种宗教，禅就是禅，禅就是活着。"

"村庄有多大？总共有多少村民？"

"我带你绕了整个村庄，你觉得有多大就多大。"

"村庄像迷宫一样，绕来绕去，好像都在原地。"

"所以外人进来会迷路的，必须有人带。"

"收垃圾是不错的工作，看得出你做得很开心。"

"总得有人做这件事。而且收垃圾是最干净的事。"

"最干净的事？"

"享受清洁不是真清洁，创造清洁才是真清洁。"

"你很了不起。"

"嗯嗯，你现在还觉得臭吗？"

"现在感觉好多了。"

"人的适应力是很强大的。我相信人能适应一切可怕的东西。"

"你见过村长吗？"

"应该见过。"

"我觉得你就是村长。"

"有时我也在想这个问题。我的记忆出了问题，很多事情都记不起来，所以我不能确定自己是谁，曾经做过什么事……没有人告诉我村长是谁，虽然我很想知道谁是村长，也许我真的就是村长，因为我记得村长说过的很多话，还把它们都记在笔记本上……"

"村长说过什么话？"

"村长说，每个人都是一个村庄。"

"很普通的话。"

"村长总是说普通的话。"

"还有什么？"

"还有很多很多，对了，这个笔记本上记了一些，你可以看看。"

唐烽接过笔记本，字迹歪歪扭扭，他必须很认真地看。

村长说过的话：

世界是由无数因果组成的，有些因果没有因果。

战争不是因为需要战争。

艺术家喜欢探究不可理解的事情，那是徒劳无益的。

最好的世界里，将来和过去纠缠不清，彼此混淆。

如果时间与事件的发生是一回事，那么时间一动也没动。

没穿衣服的时候，大家都一样；穿上了衣服，大家还是一样。

人有时候干坏事，是为了跟别人区分开来。

了无一物可得。

心能转物，我们都在路上。

你们的问题，我也没有答案。

……

【垃圾夫人】

有一天她从梦中醒来，发现自己手上戴着镣铐，几个穿制服的人严肃地看着她，说她杀了人。这个世界充满警车、法庭、审判、监狱。

有一天她从梦中醒来，发现自己置身于一个陌生的房间，里面堆着很多垃圾，门外有一部小型垃圾车。她开着车子，渐渐知道自己是垃圾夫人。

有一天她从梦中醒来，发现胸口很痛，知道自己鼻骨已断裂，眼睛也在流血。照镜子，看到一个歪瓜裂枣。旁边有个男人在熟睡中，那是她的丈夫。她举起了刀。但这是一个梦。

有一天她从梦中醒来，不知道是否还在梦中，不知道自己是谁，看到枕边有一个笔记本，上面密密麻麻写着很多字，都是自己的字迹。于是她知道了自己是谁。

那是一本自传。她读自己的自传，记忆就漂浮上来，如同河面上的菜叶和塑料袋。她读到小学，自己得了一张红红的"三好学生"奖状，挂在家里最显眼的墙上；她读到中学，自己养过一只猫，胸口上镶嵌着一朵白云；她读到大学，被最帅的男人追，弄得满城风雨；她读到研究生，原来自己学历这么高；她读到结婚，新郎不小心踩了她的婚纱，还偷偷捏了她一把；她读到丈夫的暴力，自己肋骨被打断，在医院里躺了一个月；她读到自己举起刀，读到刀上的血、地上的血，她就号啕大哭，撕自己的衣服，扯自己的头发，跪坐在地上……她读不下去了。

有一天她从梦中醒来，又不知道自己是谁，就读那本自传，自传似乎变薄了，有几页不知被谁撕走，也许就是她自己撕掉的。被撕掉的几页，不知是什么内容，她读着自传，觉得自己的过去一片美好，她很开心。

后来她从梦中醒来，就不再读自传。她决定抛弃记忆，抛弃过去，过去就让它过去吧，她只要现在。她读另一个笔记本，上面还是自己的字迹，那是村长的话：

"苦乐随风，来去自如。"

"不记得的事情就不存在。"

唐烽看了那个笔记本后说："你不是村长。"

垃圾夫人说："我不知道，每个人都可能是村长，也包括你。"

唐烽只能笑笑。

垃圾夫人说："我送你回去。"

唐烽说："我不想回去。所有人都神秘兮兮、守口如瓶，好像藏着什么天大的秘密。"

垃圾夫人说："没人告诉你为什么吗？"

"没有。"

"你为什么会来这里？"

"我为什么会来这里？嗯，因为我遇到一个人，她说要带我去一个好地方。"

"所以你就来了？"

"不是。我想我是被一根绳子牵来的。"

"一根绳子？"

"她旅行袋里有一根很漂亮的绳子，我被这根绳子牵来了。"

"那就对了。"

"什么对了？"

"我送你回去，你睡一觉，明天就会知道。"

垃圾车把唐烽带了回去。唐烽打开客房的门，就看到地上躺着一个信封，信封上只写着他的门牌号。他撕开信封，里面有一张纸条和一张入场券。纸条上写着：

明晚 10 点大礼堂有演出。9：45 车子会在楼下等。

不必想太多，好好休息。明天在等着你。

村长

第六章：绳奴

第 62 页

我手握一支圆珠笔。这支笔被细绳子交叉缠绕，无论顺时针还是逆时针转动，无论从哪个角度看它，它都像被许多 × 包围着。

我手握这样一支被捆绑成 × 的圆珠笔，在 × 形网状屋顶、× 绳环绕的烟囱的阁楼里写小说，就好像生活在一个 × 时代里。

天会塌下来吗？

不会。

所以我丈夫去上班了。

如果我有班可上，他就可以不用上班，如果我无班可上，他就必须去上班，不管这个班有多难上，他也得上。我不知道这个世界上究竟有多少倒霉蛋，反正我们都是。自从我踢了学校一位男同事的睾丸后，就加重了我们家倒霉的霉味。

我们一前一后都被学校开除，数着日子在家里发呆，发愣，发霉。有时我们目光碰触，就相视而笑，笑出一股迷茫的苦涩来。看着彼此身上越来越薄的衣裳，吃着碗里越来越稀的稀饭。稀饭稀到最后会变成水，衣裳薄到最后会变成皇帝的新装。他蓝衬衫的蓝越来越浅，浅到最后，蓝天的蓝就会消失，我的眼睛就会忍不住闭上。

所以他去上班了。

所谓的上班就是摆地摊，跟城管斗智斗勇。让一个沉默寡言、羞涩木讷的人沿街叫卖，并且跟城管满大街地玩捉迷藏游戏，想象着那种画面似乎很好玩。但当他在逃跑时扭伤了脚，脑袋被电线杆撞得头破血流时，这事就一点都不好玩了。我丈夫在家里休息了几天，我们几番探讨最终一致认为摆地摊是个高危行业。摆地摊不但是体力活，更是脑力活，需要时刻保持头脑灵活，与城管斗争时才能急中生智，而我丈夫是个文弱书生，擅长发呆，实在不适合这个工作。于是我们一致决定不再摆地摊。

我丈夫头上的纱布还没拆，就去干了另外一份工作。这份工作是给工厂搬运货物，是纯体力劳动，不必用脑。我丈夫虽然长得人高马大，但毕竟从美术学院出来就只会教书，从没干过重体力活，当看到其他搬运工一次可以搬两箱货时，他深深感到自卑。即使一次搬一箱，也会挥汗如雨。但"挥汗如雨"这类词语在书本里显得太端庄甚至有点文绉绉，只有在搬货现场，才能深刻体会其中的奥秘。所有的奥秘都很简单，都从直觉出发，但都不好解释。

我丈夫解释不了"挥汗如雨"的奥秘，只能解释盐是咸的，汗也是咸的。他有时候很好强，觉得别人能搬两箱，自己也可以。由于搬两箱的工钱是一箱的两倍，他想起家里越来越稀的稀饭，就舔了舔嘴唇，狠了狠心，扛起了两箱货物。两箱货物至少百斤重量，我丈夫鼓足勇气，想挑战物理世界的残酷，结果却受到物理世界重重的打压。他被抬上担架，送到医院急救。

医生告诉我，我丈夫的腰椎严重受创，这辈子都不能再干体力活了。我感觉自己的身体一下子软了，毫无力气，好像腰椎受伤的是自己。后来我买了这辈子见过的最新鲜的水果，在病床边给他削苹果皮，剥橘子皮。如果他醒来，我就努力挤出最甜的笑给他，当然我知道，他也知道，这笑容从胸腔出发，途经气管、咽喉、口腔、嘴唇，最终绽放在脸部肌肉时，再想甜的心也化作了苦。

但我们心领神会。×时代的象征也许就是苦涩。

为了对付这苦涩，我就讲笑话给他听。第一个笑话是关于自己的：

季老师的睾丸被踢后，学校厕所的墙上、校园树干上、课堂黑板上，常有人偷偷撰写老季蛋疼故事，作者应该不想暴露身份，故意把字写得歪歪扭扭，狗扒的一样，内容莫名其妙或不堪入目，但也不乏创意，比如"老季风流成性，鸡飞蛋打""老季遛鸟时遭雷击大快人心""大太监老季子哭泣的死蛇"等等。也有人用粉笔画漫画，记录这个在学校轰动一时的事件，通常老季被画成一个丑陋的老头，五官猥琐，身体变形，睾丸被画得很大很突出，像两个大灯泡。另一个主角，也就是我，却被画得很美很飘逸，像电影里的女侠，漫画里的我飞腿一扫，老季的一颗灯泡就掉在地上，旁边还有用红色粉笔涂成的一摊血。这些文字和绘画体现出很明显的价值倾向，从中可以感觉到：第一，老季在学校里很不受欢迎；第二，此次事件在他们眼里非常鼓舞人心。

这个笑话太真实了，没有把我丈夫逗乐。其实这个笑话只是听起来很真实，与事实还是颇有差距。老季被踢后，跌到地上，"哎哟哎哟"的叫唤声就一浪高过一浪地弥漫开来，而我的头痛戛然而止。醒觉过来，看到眼前一个男人在地上打滚，感觉很荒谬，我只好掐自己大腿来判断是否在梦中。

"痛吗？"我丈夫问。

"现在不痛。"我说。

"当时痛吗？"他问。

"不记得了。"我说。

我的理解是：当时如果痛，就是真的；如果不痛，就是假的，是一个梦。现在忘记了当时是否痛，就证明现在不知道当时是否是一个梦，但不能证明当时是否在做梦。

后来发生的事情是：季老师被几个路过的老师送到医院，而我被押送到学校保卫科。

"我也进医院了。"我丈夫说。

"不是同一家医院。"我说。

"同一家医院也没关系。"他说。

"他早就出院了，继续在学校里教书，听说他老婆刚生下一个大胖小子……"我说，"我这一脚踢的其实是自己。"

我丈夫苦笑了一下。

没有人在乎我为什么踢季老师的睾丸，他们只在乎事件表面的精彩度。精彩的故事可以供人在茶余饭后消遣取乐。

美女如云

唐烽把村长的信看得很仔细，生怕看漏一个字。这封信短得可怜，内容也极其普通，看不出写信人的性格与当时的心情。如果落款不是"村长"两个字，完全可以假设是任何一个村里人写的，比如管理员或工作人员。但唐烽觉得这封信简单得过头了，更令人生疑。他也不知道自己从什么时候开始变得这样婆婆妈妈、疑神疑鬼，想想自己好端端从家里跑出来旅游，莫名其妙就跑到这个莫名其妙的地方来，又想起小林姑娘好端端的自杀，其实也并不好端端，一个开过头的玩笑让他从头到脚都醒了，却醒在另一个混沌的地方……他从此再也不敢随便开玩笑了，他不得不修改自己的生存哲学，可是，这些跟缠禅村有什么关系？跟吴剪剪又有什么关系？

"不必想太多，好好休息。明天在等着你。"

哈哈，不必想太多。看来村长什么都知道。

明天在等着你。

"明天"是主语，表示等"你"的不是人，而是时间。

研究完信的内容后，唐烽开始研究信的字迹。这封信是用毛笔写的小楷，唐烽虽不懂书法，却也看得出字写得不错。每个字之间的距离有点大，每个笔画之间留有空隙，似乎谁也不想碰着谁。

第二天晚上，当墙上钟的指针指向9：45时，楼下就响起了汽车声。前几天晚上这个时刻，他一般都仰卧在床，听外面各种各样的声音，汽车声之后就会紧接着听到一扇一扇门被打开、被关上的声音，伴随着不同质地皮鞋踩击地板的声音，它们此消彼长，由大及小，逐渐远去，最后消散，只剩一片静悄悄，只剩下唐烽自己的鼻息在空气中缓缓流动。

唐烽知道自己迟早将加入到这些声音当中，但他不知道这些声音将去往哪里。这天晚上，他被允许戴上面具，开门，关门，加入到面具人的队伍中去。

面具人走路不紧不慢，好像对一切都胸有成竹。他们之间仍然互不交流，只管往前走，下楼，一个一个有次序地上车，坐下。这是一部巨型大巴，能容纳四五十个人。唐烽随便找了个位子坐下，有个肚子很大的面具人一屁股坐到了他旁边的座位上，同时发出一阵粗哑的哼哼声。唐烽侧过头看了他一眼，觉得好像在哪里见过，接着又笑自己犯傻，忘了大家都戴着一模一样的面具，根本分不清谁是谁。

坐在大巴上的面具人大概有三十来个，在唐烽印象中住在那栋楼里的面具人远远不止这些，那些没来的面具人可能在客房里睡觉，也可能去了别的地方。

大巴开到那扇锈红色大铁门前，司机下车，伸出手指一按，铁门就开了。唐烽看到那个司机有一张普通而陌生的脸孔，他是这车上唯一没戴面具的人，他无疑是这里的村民了。

大巴继续开动，大概开了二十分钟后停了下来。唐烽经过这几天看钟表的训练，对时间的把握似乎很准确，其实也未必，没有手机没有手表，时间仅仅是一个感觉，也许过了几个钟头，几天，几年，都说不定。这样想着，唐烽觉得心里一阵恍惚。没有人注意车子刚才经过了多少一模一样的圆形回廊、多少一模一样的八角石亭和多少一模一样的房子，大巴里的面具人一上车就都东倒西歪地仰坐着，只顾着打盹、打哈欠，唐烽旁边的那个面具人还发出了难听的呼噜声。从侧面看，他的肚子高高隆起，如同怀胎八月的孕妇，估计这是一个官员，这肚子估计是长年累月喝酒、熬夜、腐败弄出来的，他不怀孕，不怀才，怀的是一肚子的男盗女娼。唐烽以前常跟官员、大款们喝酒玩乐，没想到自己会变得这样愤世嫉俗，于是对自己起了疑心：我真的是我自己吗？

车子停到一幢半椭圆形的大建筑物前，面具人鱼贯而出，自发维持秩序。这幢建筑外面由金属板和白玻璃拼接，虽称不上金碧辉煌，却比村里其他建筑华丽得多，门口立着几根亮灰色的罗马柱，整个看起来跟古色古香的村庄格格不入，甚至破坏了村庄整体的清静和淡然。唐烽不知村长是何用意，难道是故意的？又或者规划有误？

门口有工作人员在检票，面具人把入场券拿给工作人员，然后进去。室内跟一般的剧院差不多，天花板亮着漂亮的吊灯，从音箱里传出舒缓的轻音乐。看来村长信中所说的"大礼堂"指的就是这个剧院。剧院前端的舞台不算高，垂着暗红色的幕帘，舞台下面是整整齐齐的观众席，舞台与观众席之间只连着几个台阶，似乎是为了方便演员和观众的互动，观众席并不像一般的影剧院排列得那么拥挤，前后排之间保持较宽松的距离。

面具人一入场就失去了秩序，争先恐后地抢前面的位子。混乱中有个矮胖的面具人踩了唐烽一脚，却没有表示道歉的意思，只是朝唐烽傻笑。唐烽看到他没被面具遮挡的眼睛和嘴巴，有种似曾相识的猥琐和得意流露出来。虽然隔着面具，唐烽还是认出了他，他们曾经在客房门口的走廊上见过。

唐烽等面具人都抢完了座位，自己才随便找了座位坐下。没过一会儿，音乐声突然停了，吊灯也灭了，剧院内一片漆黑，唐烽想演出要开始了。接着舞台上的镁光灯忽然亮起来，幕帘徐徐打开，舞台正中间站着一个穿白色长褂的男人，台下响起了热烈的鼓掌声。唐烽认出了这个男人，棋。

主持人棋也跟随着鼓了几下掌，然后用手势示意大家安静下来，对着话筒用标准的普通话开始说："谢谢大家慷慨莅临！希望今天的演出圆满成功，当然，成功是必然的，哈哈。废话不多说，先欣赏一段歌舞吧！"

掌声又响起来，唐烽只好跟着一起鼓掌。

随着欢快的音乐，一排穿着丝质窄身艳丽长裙的美女从边门款款而出，跳起了说不出哪个民族的舞蹈。唐烽数了数，总共十个。美女们化着浓妆，个个都笑得很灿烂，身材也婀娜多姿。说实在的，舞蹈的难度并不高，但是跳得很热闹很喜悦，唐烽一边漫不经心地欣赏着舞蹈，一边观察其他面具人，发现他们有的看得很入迷，目不转睛，有的却好像有点不耐烦，东张西望。

看着舞台上的美女，唐烽觉得她们既陌生又熟悉，于是想起了他的陪游女郎和曾经跟他上过床的搞不清长相也忘记了姓名的美女们，护士、空姐、白领、大学生、夜店女郎……美女们滚滚而来，滚滚而去，最后浮出来的是吴剪剪，她的素面冷眼，她的雪糕小脚，她在他发烧的床边打捞他的手，她在黑色小轿车里乖乖被他握住的手。

第74页

无论白天晚上，地下仓库总是开着灯，即使开着灯，里面的光线依然是昏暗的。世上有很多很多的地下仓库，不知道是否每一个都这么昏暗，但我丈夫的这个就是这样。他是一个倒霉蛋，倒霉蛋总是不合时宜，只好进入这个地下仓库，当起了仓库管理员。

地下仓库的四周是死灰色的水泥墙，由于太潮湿，水泥墙上浮着一些绿豆粉一样的东西，因为太多了，一不小心就沾到衣服上，倒霉蛋有点洁癖，就冲到厕所去洗。地下仓库的厕所只有加倍的潮湿和肮脏，洗手池其实就是一个锈迹斑斑的铁盆子，洗的时候水滴到铁盆子里总会溅起水花，把他弄得上下都湿淋淋、脏兮兮的。倒霉蛋感到一阵一阵反胃，就想起他老婆教他的方法。他老婆，也就是另一个倒霉蛋，也就是我，教他在恶心的时候一边吹口哨，一边想象自己正在电影镜头里，想象自己是中世纪的外国人，一头黄黄的卷毛，面部的一半陷于阴影中，很酷很神秘；也可以想象自己正走向古老的酒窖，酒窖里的红酒像血一样红；也可以想象自己披着黑色的长袍，握着锋利的宝剑，正要去地下室拯救一位受困的美女。想象可以天马行空，却也有局限，我丈夫的局限就是：他永远都在路上，走向酒窖，走向美女，永远都走向，却永远都走不到。

地下仓库堆放着各种各样的杂物，地板永远都湿漉漉的，身上总摆不脱黏糊糊的感觉，好像口香糖跟黄痰在如胶似漆，时不时让人心惊肉跳。

地下仓库不管白天晚上都有很多蚊子，而且品种齐全。我丈夫因此认识了不少蚊子的品种：家蚊、花蚊、大劣按蚊、乌头按蚊、银足按蚊、宽鳞按蚊、长尾蚊……好像这里是蚊子的地下根据地，革命同志聚集在一起，然后分配任务。

蚊子太多，仓库太大，点蚊香和抹花露水都没用。刚开始我丈夫并不是太在乎，尊重食物链原理，露出胳膊，让它们饱食一顿，就当作是无偿献血。还跟蚊子开玩笑，故意穿黑色衣服到地下仓库，蚊子们喜欢黑，以为黑黑的就是黑夜，就更加猖狂，一头撞进去吃个没完。衣服再厚也没用，有一种蚊子针特别长，刚扎进去时不痛不痒，等感觉到痒的时候，已经红肿一大块了。我丈夫被咬得体无完肤，想过很多办法对付蚊子，都没有什么效果，后来自制了一种防蚊衣。这种防蚊衣很像雨衣，但比雨衣更贴身，穿上去全身包得密密实实。防蚊衣的帽子前端连着一个口罩，口罩上只开了一个小口，用来呼吸。我丈夫穿着防蚊衣，只露出一对眼睛，蚊子进攻不了他，只得在周围飞来飞去，有一半品种的蚊子还喜欢在他耳边嗡嗡叫，跟他谈心事。但是防蚊衣不能一直穿，穿久了会十分闷热，热得像蒸桑拿。谁都知道桑拿蒸得太久会出人命的，我丈夫为了保住命，只好把防蚊衣脱下来，把血分给蚊子们喝。

我丈夫腰椎受伤后，一直找不到工作，好不容易找到了这份工作，当时我们都高兴坏了。后来我们听说没有人愿意来这里上班，不但工资低，不但蚊子多，不但过分潮湿易患风湿病，还有更严重的问题，就是地下仓库光线太过阴暗，待久了视力会下降。

我丈夫不想变成瞎子，不想得风湿病，也不想把血分给蚊子们喝，但他更不想让我喝薄如水的稀饭，穿快要朽烂的衣服。我丈夫为了省钱，上下班都不坐公交车，每天步行三个小时，把腿都走细了，像两根麻秆，一阵风吹过，裤筒空荡荡，裤脚飘零零，十足的倒霉样。

但我爱这个倒霉蛋，爱他上上下下的倒霉样，我发誓要做全世界最好的女人，要让他拥有世上最好的东西。在成为他妻子之前，我的心底就时常涌出这样的念头：要让自己更好，变得聪明、美丽、温柔、善良、可爱、迷人，要把最好的自己无私奉献给这个世界上最倒霉的男人，要让那些春风得意养尊处优庸俗愚蠢的人只有嫉妒羡慕的份。这种感觉非常非常酷，简直酷死了。

虽然我丈夫说过"只要费如在身边，就哪里都不是地狱"，但我觉得地下仓库对于我丈夫来说，根本就是一个地狱。我得想想办法。

脱

这个舞跳了很久，面具人越来越不耐烦，有几个大声拍打前排座位的椅背，有几个索性站起来嚷嚷。台上的美女们不为所动，继续跳，终于跳完了，暗红色幕帘缓缓垂下，当幕帘再次打开的时候，主持人棋在面具人的掌声中再次亮相。

棋说："大家要有点耐心嘛，姑娘们跳得多辛苦啊！嗯……接下来请欣赏一首美妙动听的歌曲，这首歌可是我们村长亲自填词谱曲的，请大家细细品味。好！有请演唱者丽丽——"

在掌声中，一个身材像运动员一样高大健硕的美女，踩着优美的步伐出现在舞台中间。她穿着艳蓝色的上衣和有皱褶的超短裙，上下都镶着亮片，一副大歌星的模样。她在舞台上转了几个圈，朝台下鞠了个躬，就开始唱起来：

"鸟鸣如猫叫，猫叫似人哭，人哭像狗吠，狗扑向骨头，亲个啦啦啦隆咚吓……"

丽丽的嗓音怪里怪气，面具人听得咧嘴大笑，发出远近高低各不同的笑声。有的面具人笑得过于放肆，皮肤被面具的边缘摩擦，于是忙着调整面具的位置。也有面具人跟着哼唱，打着节拍，似乎很熟悉这首歌。唐烽觉得这首歌写得莫名其妙，不知道村长究竟是个什么样的人。更好笑的是，丽丽摆足了歌星的架势，正儿八经地张嘴，却唱出这种奇怪的歌来。

"鸟鸣如猫叫，猫叫似人哭，人哭像狗吠，狗扑向骨头，亲个啦啦隆咚吓……"

这首歌歌词很简单，就这两句反复地唱。歌手丽丽还跟着节奏摇摆起来，手舞足蹈，屁股越扭越欢，还对台下抛起了媚眼。唐烽觉得这越来越像夜总会的恶俗表演了。

"脱！"

人群中不知是谁叫了一声，其他面具人就跟着叫起来：

"脱！"

"脱！脱！"

"脱呀！"

"妈的快点脱呀！"

……

歌声停住了，舞蹈没停，乐声渐大，丽丽一边媚笑，一边跳舞，跳着跳着就做了个模仿脱衣服的动作，屁股性感地扭摆，然后转身背对台下，双手绕到后面把超短裙突然向上一掀，又迅速放下。人群中就有人沉不住气了，又鼓掌又嚷叫，还有人吹起了尖锐的口哨。

音乐节奏越来越快，鼓点砰砰砰，多像心脏的跳动，丽丽的眼角眉梢尽情放电，红红的舌尖若隐若现。面具人欢腾雀跃，越发兴奋。丽丽双臂交叉在胸前，试探性地撩起衣角，又放下，再撩起，又放下，将脱未脱，欲擒故纵，拨弄着面具人的欲火。这样一番挑逗，吊足了他们的胃口，丽丽才不慌不忙地把上衣脱了。

"好！好！好！"面具人欢呼着鼓掌着。

"再脱！再脱啊……"有几个面具人扯着喉咙大喊大叫。

丽丽笑得更狂放了，眼神迷醉，春水荡漾。在台下的一片欢腾中，不紧不慢地脱了裙子，扭了一会儿，才又不紧不慢地脱胸罩，最后脱内裤，脱得精光。每脱一件都把衣服往台下扔，台下就响起欢快的尖叫声，一件一件都扔完，台下简直沸腾了。

人的欲望其实很简单，饿了要吃，渴了要喝，性欲来了要释放。但欲望也很复杂，因为它永远都在满足与不满足之间徘徊，而且欲望的尺度可大可小，伸缩性极强，却像弹簧一样，拉得过满，就会丧失弹性，口味越来越重，就会需要越来越多的刺激，筹码不断加大，欲望不断升级。

拳击般的音乐声和台上赤裸裸的色情表演，足以把人的理性击碎。在这里，理性微不足道。但在面具人中，唐烽竟然还能保持冷静。

唐烽心想，不就是脱衣舞表演吗？他们也太夸张了吧。这样的表演很多地下夜总会都有，没什么稀奇的。稀奇的是，在这个收留老弱病残、底层老百姓、社会边缘人的貌似世外桃源的地方，竟然也会有这种表演。

丽丽还在卖力跳着，主持人棋又出现了。衣冠整齐的棋跟一丝不挂的丽丽在舞台上同时存在，画面显得有些突兀，他说："精彩！精彩！哈哈哈……我不得不引用大文豪雨果先生说的那句话：'一个完全裸体的女人就是一个全副武装的女人。'"

离他最近的一个面具人可能发现唐烽的反应过于冷淡，竟然不顾不准面具人交流的规定，凑过来对他说："老弟，你咋不太高兴啊？莫非你是同性恋？"

这个人说话口音很重，且有口臭，唐烽下意识往后靠，摇摇头。

他接着说："哦，你一定是第一次看演出，嘿嘿，木（没）得关系，慢慢就习惯了。"唐烽只好点点头。

他继续说："莫急，老弟！咸菜（现在）是热身，耗（好）戏还贼（在）后头哩！"说着还朝唐烽眨了眨眼睛。

第80页

"费如。"

"费如啊费如……"

唐柯的声音软软的，甜得发腻。

我从小就有这样一种特殊的品性。我有时候是我，有时候是费如，有时候是教室里拿着教鞭的语文老师，有时候是大街上一个毫无特点的晃动的影子，有时候是一个男人的老婆，有时候是一个陌生男人口中的陌生女人。最后一种情况，陌生男人唐柯叫我"费如"，我就激灵了一下，被自己的名字弄得有点狼狈，很想逃走，也很想坐下来思考一下自己到底是谁。

但是没有人让我坐下来，我只好站着，站在唐柯的办公桌前，两腿打战。这样的我显得很被动，很不自信。

这是我第二次见唐柯，仍然觉得他是一个陌生人，他却俨然是一副熟人的口吻，但这不能减轻他对我高高在上的压迫感。

唐柯是我丈夫程新风的妹夫，他家开大公司，很有钱，但跟我们家不相往来。我第一次见他，是跟我丈夫一起去他公司，那时他那副高高在上的样子把我丈夫弄得很窘，把我也弄得很不开心。我们本来打算跟他借钱，却听到他说正在跟我丈夫的妹妹办离婚，还抱怨离婚手续太烦琐，结果我丈夫拉着我的手就走，借钱的事只字未提。

后来我想我们是不是应该到他家去借钱更妥当，而我丈夫更不想去他家，因为他家是个豪华大别墅，我丈夫最讨厌大别墅了，他觉得所有大别墅都有一股难闻的腥味。

我从结婚那天起就知道唐柯有个儿子叫小烽，也就是我的外甥。当时他三岁，现在应该有七八岁。虽然我没见过这个外甥，但我很想见见他。都说外甥像舅，所以我一厢情愿地认为我丈夫的童年就是我外甥的样子，也就是：我丈夫的童年假设＝我外甥。

我爱我丈夫的现在，也爱他的过去。如果外甥在我身边长大，我就可以在他身上找到我丈夫童年的蛛丝马迹。外甥一点点长大，我就可以循着他成长的线索，追查到底，一直查到他舅舅的现在……这件事一想起来就觉得好玩。但此时坐在办公桌后面的唐柯，让我有些沮丧，他是我外甥的父亲，也就是"我丈夫的童年假设"的父亲，这感觉太不好玩了。

从外表上看，唐柯长得仪表堂堂，不高不矮、不胖不瘦、不黑不白，而且天庭饱满、地阁方圆，一副发财相。他用标准的国字脸对着我，用剑眉星目盯着我，弄得我浑身不自在。

他说："费如——"

我说："请别这样叫我，我们是亲戚。"

他说："我跟程新雨已经离婚，我们现在不是亲戚了。"

"但你儿子该喊我舅妈，这层关系断不了。"

"那是他跟你的事，两码事。"

于是我无话可说。

"你的名字很好，很好，叫起来很亲切，我很喜欢这个名字，不错，不错。"我觉得他在自言自语，在给自己下一步的言辞铺垫着什么。

我丈夫很少叫我名字，应该说他不爱讲话，虽然他讲起话来不输给任何人，但他就是不想讲。通常是我在说，他看着我，然后点头或摇头，就好像我嫁给了一个哑巴，但又爱得要死。

　　"告诉我费如，你幸福吗？"我发现唐柯讲话很书面语，而且动不动就把我名字挂在嘴上，这种感觉相当怪，让我想起了季老师。

　　"我很幸福，谢谢。"

　　"你在撒谎，你根本不幸福。"唐柯一副胸有成竹的样子，好像对我们的生活了如指掌，这很可笑。我忍不住笑了一下。

　　"你笑起来更迷人了……"他用迷离的眼神盯着我。

　　"我非常幸福，真的。"我收敛笑容，一脸严肃地说。

　　"那你来找我干什么？"他也严肃起来。

　　"找你借钱。"

　　"既然你很幸福，为什么要跟别人借钱？"

　　"因为幸福和贫穷是两码事。"

　　"大错特错！"唐柯抿嘴摇头，"贫穷是幸福的绊脚石，连饭都吃不饱的人是没有资格说自己幸福的！"他的声音慢慢硬起来，嗓音也变得洪亮，话语里有种不容置疑的气势。

　　我深知自己是来借钱的，不能把气氛弄得太僵，只得在这场关于幸福的讨论中假装妥协。

　　"你说的有道理，我并不幸福。"我微笑地说。

　　"哈哈哈……"他听了很高兴，还请我坐下，我就选择一张离他远一点的沙发坐下。他还让女秘书倒茶给我，使我有点受宠若惊。女秘书很年轻，走路时身板挺得很直，高跟鞋敲打地面的声音富有韵律。

唐柯和我竟然同时目送女秘书离去的背影。

"费如啊，你应该多见见世面！"唐柯说。

"嗯，是。"我小鸡啄米似的点头。

"你其实也很适合秘书这个工作。"

"哦，是吗？"既然他认定我没见过什么世面，我就索性装天真。

"女人嘛，读再多的书，最终还是要为男人服务的，关键啊，是要选对服务的对象……"

"是啊，要选这样有前途的大公司。"我感觉唐柯的话渐渐滑向暧昧，赶紧把话头转到他公司上来。

但唐柯控制欲极强，无人能左右他的方向。

"女人再有才，不如有个好身材。"他说。

我不知该说什么好，唯有违心地点头。

"费如，你坐到这边来。"唐柯示意我坐到斜对面的一张沙发上，我只得听从。

他把我从头到脚打量了一番，眼睛反复眯了眯，似乎经过了深思熟虑，说："费如，我发现你的美是变幻无穷的，不同的光线、不同的氛围下都会有微妙的变化。"

他喜欢直抒胸臆，因为他的自信已经满得快溢出来。他有时讲话文绉绉，是为了显示自己是文化人。他虽然让我想到了季老师，但必须承认，他绝对没有季老师那么讨厌。

"你的眼睛清亮、温婉却又透着尖锐的光。鼻子挺而直，不大不小地嵌在中间……"

他看着我，思索了一下，又说："你最迷人的地方是嘴唇，唇线清晰，唇形丰满，比樱桃小嘴略大一些，饱满小巧，让人忍不住想贴上去……"

我终于忍不住哈哈大笑起来。

"妹夫你是在背书吧！"我边笑边说。

"我也没办法啊，书上写的跟你长的一模一样。"

"我是个用肉眼看不透的女人。"

"谁说的？"

"我丈夫。"

"你丈夫？我还正想问你呢，你怎么会嫁给一个木头疙瘩？嫁给他也就算了，还要背着他跑来跟我借钱……"

"别说他是个木头疙瘩，就算他是又黑又臭的茅坑边的石头疙瘩，我也爱他，爱他到死。"

"别！"他突然变了脸色，"千万别在我面前说'爱'字，更别说'死'字！"他语气硬邦邦，气场很强。

"你是怕'死'这个字，还是怕死？"我也强硬起来。

"晦气！"他大声说道。

我不想再跟他争执了，端起茶杯，大口喝。

"别让我嫉妒他！"

茶杯里已经没水了，我仍在喝。

"男人和女人在一起就是为了制造快乐。没有其他乱七八糟的什么爱什么狗屁！"他的文绉绉不见了。

我不语，等他继续说。

"他自己怎么不来？"

"他是个木头疙瘩。"

"是男人就不该让自己的女人来这里求人！"

"我不是来求人的！"

"那你来干什么？"

"我来借钱。"

"我为什么要借给你？"

"因为你是我们的妹夫。"

"你又来了！我再说一遍，我跟他妹妹已经离婚了。"

"哦……"我舌头卡住了。

他点了一支烟，才吸了两口，就掐掉烟头。走到窗前，拉上窗帘。屋里光线立即暗沉下来。

我沉静如水。

"把衣服撩起来。"他突然说。

我沉静如水，然后从眉毛开始，到鼻子、嘴巴、下巴，到脖子、肩膀，一直往下，到丹田、腿，一直到脚趾，都舒展开来，像蔓蔓的水草，在水中荡漾地笑。

"你笑什么？"他气急败坏。

美女如泥

好戏还在后头。那个有口臭的面具人这样说，主持人棋也这样说。脱衣舞还在继续，主持人棋就走上台来，开口就问丽丽："姑娘，你冷吗？"引得台下人哄堂大笑。

丽丽停下舞蹈，双臂抱胸，拼命点头。

"很好笑吗？"棋的表情突然变得很严肃，"你们知道在这个世界上，还有多少人食不果腹、衣不蔽体吗？"

台下的笑声断了，偶尔有人在轻轻咳嗽。

棋突然脱下自己的白色外套，递给丽丽，说："姑娘，你冷就穿上吧！但你要记住，这件衣服不是我给你的，是——"他把双臂伸开，指向观众，"是他们，是他们让你有了衣服穿，懂吗？"

棋的外套很长，刚好遮到丽丽的膝盖，棋牵着她的手，一起向台下深深鞠了个躬。

棋说："别急，好戏还在后头呢。"幕帘就慢慢闭上了。台下的人又变得骚动不安，像等待着一场疯狂的革命暴动。

等了好久，幕帘终于再次打开，舞台灯光布景全都换了，色调和气氛变得阴森诡异。光线暗沉，背后假山乌灰嶙峋，黑布条飘来荡去，锁链和铁环泛着寒光，两个黑衣大汉凶神恶煞地站在台上。这两个黑衣人让唐烽想起跟吴剪剪一起在米字路口约见的那两个黑衣人，他们当时戴着鸭舌帽和大墨镜，看不出长相，但身形很相似，台上的黑衣人会不会就是他俩？

这样想着，忽然听到一声凄美的笛音。两个身材、装束和台上黑衣人一样的黑衣人抬着一位红衣女子从边门进入舞台。红衣女子头戴大红色头盔，身着猩红色丝绸连身裙，红唇烈焰。虽妆容浓丽，且眉眼被描画成吊梢眉和丹凤眼，但唐烽还是一眼就认出了她，苏泥。

唐烽不知道接下来要表演什么节目，但他的心暗暗发紧。

苏泥被抬到舞台中间，四个黑衣人站在她两旁。苏泥的表情很古怪，似笑非笑，亦庄亦谐，非唐烽能参透的境界。此时台下的面具人却都安静下来，鸦雀无声，这很反常，简直诡异。他们似在等待着什么，他们等待的内容估计就是他们来缠禅村的目的？为了这个目的他们宁愿被关在院子里，宁愿每天戴着面具，宁愿装聋作哑不与别人交流？

两个黑衣人一人抓住苏泥的一只手臂，把她往后拖到挂铁链的地方。苏泥的四肢被铁链锁住拉紧，身体呈大字形。她始终面朝台下，却似看非看。有一瞬间唐烽觉得她在盯着自己，感到有些怪异的紧张，后来想到自己脸上的面具，就松了一口气。

有个黑衣人不知从哪里端来一盆水，从苏泥头顶上泼下来，苏泥的红色丝绸裙子湿透了，紧贴在身上，可以感觉到她裙子里没有其他衣物，身体曲线纤毫毕现。人群中发出粗重的喘气声和喉咙发痒的咕噜声，唐烽感觉到自己的心跳也加快了。人类早就谙熟情欲之道，半遮半掩的性感，比一览无余更有诱惑力。

　　苏泥发出一阵轻蔑的笑，笑声在凄美的笛声里飘荡。一个黑衣人大声叱喝："你，笑什么？！"

　　苏泥不回答，继续笑。

　　黑衣人凶神恶煞地走到她面前，甩出大手掌，给了她一个耳光，苏泥冷冷看了他一眼，笑得更放肆了，身体一颤一颤的，把台下那群面具人的魂都勾了过去。

　　黑衣人就左一下右一下地扇她耳光，噼里啪啦的声音在凄美的笛声里像一个个跳跃的惊叹号。耳光响亮，拍打着这个阴森森、油腻腻的世界，这时似乎需要一个勇敢而强有力的问号来阻止这些惊叹号，但没有，事情就是这么简单，又这么不简单。

　　黑衣人应该是打累了，终于停止了大手掌的运动。血从苏泥嘴角流出，惨白的脸被打出了胭脂红，她显得更加凄美动人。血是真的，这分明不是表演，但这不是表演又是什么？面具人是观众，是看客，他们像看电影一样，从别人的悲喜中去寻找快感，仿佛剧情越离奇，场景越悲惨，就越是看得过瘾。唐烽忘了自己也是看客，又不知不觉把自己从"他们"中剥离。如果他不是"他们"，他为什么同样看得津津有味？如果他不是"他们"，他为什么不闭上眼睛或者站出来阻止？

　　舞台上的苏泥，虽然被铁链锁着，虽然被打得面红耳赤、嘴角淌血，却始终一副无所畏惧的样子。比起棍子和石头，铁链和耳光算什么？头盔给了她非凡的精神力量，用来抵御世间的一切苦痛。在她眼里，铁链和耳光也是豆腐做的。"你是泥，你活着，你是泥，你活着，你是最低贱的泥……"苏泥只要认定了自己是泥，就更释然了。只要清醒，她什么都无所谓。

唐烽正想着表演该结束了，主持人棋走上台来，手中拿着一捆绳子，在欢呼声与掌声中，他的表情竟凝重起来，他问苏泥："姑娘，你痛吗？"

苏泥用笑来回答他。

"姑娘，你真勇敢！"村长说，"在这个世界上，每个人都是平等的，没有阶级差别，没有贵贱之分，大家都洗去所有的灰尘，干干净净做人，当然我知道这——"他停了几秒钟，目光扫向台下的面具人，继续说，"当然我知道这还只是一个未实现的梦……所以，大家一起来做梦吧！而我们都知道，在进入美梦之前，难免会先遇到各种各样的噩梦，这就是生活，赤裸裸的生活，一切皆有可能，一切皆有不可能，多么深不可测啊！这就是我们共同的舞台……"

台下又欢腾起来。

最后主持人棋又说："好戏还在后头！"然后把绳子递给其中一个黑衣人，就离开了。

唐烽自始至终直勾勾地盯着那条绳子。漂亮的绳子。吴剪剪的绳子。舅妈的绳子。童年的绳子。他有些眩晕。

舅妈用来自杀的绳子，现在就在舞台上，在黑衣人的手里攥着。难道二十多年前舅妈来过缠禅村？甚至舅舅也来过？在棋的故事里，有一对年轻夫妇，那个因为不知道什么是真正小说而哭泣的女人，不是舅妈是谁？

时间凝滞，又解冻，又聚拢，荡漾着，又作鸟兽散……过去，现在、未来混沌成一个透明的古老琥珀。昆虫在树脂里，如同舅妈在阁楼里……

事情仿佛就是这样，绳子把唐烽带进舅妈的笔记本里，带到缠禅村，最后带到了这个舞台。

舅妈说："别怕，这是一个玩笑。"

吴剪剪说："这样吧，我带你去一个地方。"

唐烽说："你去哪里，我去哪里。"

主持人说："好戏还在后头呢。"

面具人说："好！"

第89页

小烽长得不像他父亲，像我丈夫。我第一眼就发现了。他父亲唐柯让他叫我阿姨，我就偷偷告诉他，我是他的舅妈。他问："舅妈是什么？"他已经八岁了，竟然不知道舅妈是什么。我告诉他："舅妈就是亲人，我是你的亲人。"小烽怯生生的，眼神里有一种与年龄极不相称的孤僻和冷漠。我很惊讶，但完全理解，他不合格的父母生下他，同时也赐给了他孤儿的气质。

唐柯虽然很有钱，但不借给我们，他认为他不是慈善家，他的每一分钱都要用在值得的地方。我们没有资格得到他的施舍。程新雨跟唐柯结婚后就跟娘家人断了联系，唐家不像婆家，倒像牢房。哥哥程新风对这个妹妹的婚后生活所知甚少，只知道她离婚后去了国外，那时唐家的独生子唐烽才八岁。唐柯忙于公司事务和各种应酬，无暇顾及儿子，唐烽的脾气性格日渐古怪，使得家里的保姆不得不频繁更换，唐柯为此很头痛。

有一天，唐柯上门请我去给唐烽当保姆，薪水开得很高，这让我很不舒服。我立刻拒绝了。

几天后，我丈夫的风湿病明显加重，视力也变得很差，看我时眼神迷迷糊糊，显示着物理世界不可抵抗的残酷。我暗下决心，不能跟钱过不去。我相信自己有能力对付唐柯，于是接受了那份保姆的工作。这样我丈夫就可以辞职了，不用天天到那个地下仓库喂蚊子。

我没想到自己看到唐烽的第一眼就喜欢上了他，这个八岁的小男孩。我喜欢他整洁的衣着、干净的皮肤，喜欢他中世纪贵族的矜持与傲气，但最喜欢的是他身上散发着的我丈夫的气息。他是"我丈夫的童年假设"，我可以在他身上找到我丈夫童年的蛛丝马迹，这是一件很好玩的事。

但是在唐家当保姆可不是什么好玩的事，虽然可以每天陪着"我丈夫的童年假设"，却不能天天回家陪我丈夫，因为唐柯规定每周只放假一天，其他时间必须一直陪在小烽身边，不能回家睡觉。

唐家除了我之外还有两个保姆，她们一个负责洗衣做饭，另一个负责打扫卫生。唐家别墅太大了，主楼有四层，前后各有一个花园般的院子，副楼分两层，楼下是车库和仓房，楼上是保姆室。小烽已经读小学，上下课有专门司机接送。我搬进来后，只需照顾小烽的日常起居，督促他做功课，检查他是否按时上床等等，其实工作挺轻松。每当唐柯去上班，小烽去上学，我就一个人在别墅里晃荡，很无聊，这时我特别想念我丈夫，想念阁楼，也想念阁楼里未写完的小说。我丈夫建议我在别墅里写小说。可是我在别墅里一个字都写不出来，我的小说必须在阁楼里写，我要写真正的小说，真正的小说必须在被×缠绕的阁楼里写，因为真正的小说是×小说。

我拿到了第一个月的工资，我在唐柯面前毫不顾忌地数钱，他欣赏着我穷酸的样子，非常满意。我低头数钱，想象着家里的稀饭变浓的样子，也很满意。有钱人可以从俯视穷人中得到满足，我就让他俯视。我很穷，但并不丢人。

我把工资带回家，给我丈夫买了新衣服。这个时候我们很开心，觉得生活挺美好，挺浅的。

但大多数时候，生活深不可测。

有一天夜里我躺在保姆房里睡觉，听到敲门声。我问是谁，对方说快开门小烽生病了。我穿着睡衣就去开了门，唐柯直接走进房间，就随手关了门。我问小烽怎么样，他说小烽吃了药刚睡着。我要去看他，唐柯拦住我说不用了。他坐到我床上。我傻傻站在原地。他问我感觉怎么样，我不知道他的意思，就回答说不错。他就二话不说把我掀翻在床上。虽然我知道他迟早会来这一招，但还是被他吓了一跳。他说"费如，费如，费如"，我咬了他手臂一口，趁他"哎哟"的时候，迅速脱身而出，把门打开，请他出去。

他站起来，把自己衣服弄整齐，不慌不忙地说："你不是什么烈女，你天生淫荡，就别装清高了！"

我说："我有自己的丈夫，我就要清高！"

他说："我告诉你，上我床的都是别人的老婆。"

我说："跟我没关系。"

他说："你真没劲！"

我说："我是挺没劲的。"

他败兴而去。

第二天他辞了打扫卫生的那个保姆，告诉我她的活儿以后都由我来做。他的言外之意是敬酒不吃吃罚酒。于是我就从早到晚有干不完的活儿，每天累得腰酸背痛。

绳　奴

两个黑衣人把锁住四肢的铁链一个个打开，苏泥就跌瘫在地上，红衣红头盔的美丽女子，变成了一摊烂泥。俗语说"烂泥扶不上墙"，但烂泥可以被重塑，黑衣人是动作娴熟的雕塑大师，很快就将苏泥捆成个粽子。

苏泥双手被反绑，两只脚也被绑在一起，绳子再把腿往后拉伸，跟手上的绳结拴在一起。这很像瑜伽的高难度动作，即使学过舞蹈的苏泥，这时候估计也很难保持愉快心情。绳子从脖子绕到胸前，打了个大×，又绕到后背，再回到前面，身上缠满了绳子，比普通的粽子绑得更扎实。

黑衣人把绳子往上扯，苏泥的身体晃悠悠离开地面，高高吊在半空。台下哗然一片，都瞪大了双眼，痴痴等待着更多更精彩的好戏。苏泥发出微弱的呻吟，面具人就渐渐安静下来，唐烽知道，他们此时的安静，仅仅是为了把台上的呻吟听得更清楚。

呻吟声越来越高，痛苦使苏泥的脸上有了笑的痕迹。

台下的人都呆呆的，表情被掩藏在面具背后，他们都很安全，甚至很幸福。事情似乎就是这样：台上的人越危险，台下的人就越安全；台上的人越痛苦，台下的人就越幸福。一个风华正茂的女子被捆绑成古怪的形状吊起来，供台下一群人观赏、窥视、臆想、亵玩，她仿佛不再是人，而是一个物件，任何人看了，都会产生一种本能的羞愧，但这羞愧在内心里荡来荡去，仿佛能玩味出一种别样的快感来。在这陌生而强烈的刺激中，唐烽闻到了一种灰蒙蒙的死亡气息。他开始怀疑人存在的理由和意义。

"脱！"无数面具后面有个粗糙的声线脱颖而出。

"对！脱！脱光！"无数面具后面无数声音跳跃欢腾。

黑衣人很听话，拿来了剪刀，把苏泥身上的衣服剪成了碎片。粽子皮被剥了，露出粽子光滑颤抖的肉。苏妮的红头盔在舞台灯光照射下闪耀着血光之凄艳，美丽绝伦的绳子纠缠在雪白的肉身上，激起了面具人无穷无尽的安全感与幸福感。

被美丽绳子缠绕的美丽肉体，加上头盔，画面充满着无可名状的滑稽性感。苏泥像祭坛上的美味，像战场里的伤兵。

"打！"无数面具后面有个沙哑的声线脱颖而出。

"对！打！狠狠地打！"无数面具后面无数声音跳跃欢腾。

很多面具人站起来，身形矮胖的面具人站起来，肚子如怀胎八月的孕妇的面具人也站起来。仿佛站起来，就会有更多更疯狂的力量，更多暴风雨来临前的黑暗快乐。

黑衣人很听话，因为面具人是他们的衣食父母。一个黑衣人手握鞭子，打在苏泥身上。手握鞭子的黑衣人跟刚才手握剪刀的黑衣人是否同一个人，已经无法分辨，他们简直一模一样，连凶狠都如出一辙。唐烽在这样的时刻却把注意力放在了无关紧要的地方。

鞭子的抽打，换来了受苦者的叫唤。打得越使劲，就能制造越凄惨的叫声，面具人就能获得越多的满足。

要么肉体压倒精神，要么精神占领肉体。此消彼长，游刃有余，人类因此活得心安理得。仿佛只要获得或自制了一套适合自己的生存哲学，就如同拥有了无敌的精神武器，就可以心安理得地让兽性无限膨胀。

场面开始失控，有些面具人似乎疯了，一个个蹦出座位，企图冲上舞台，被黑衣人阻挡。只有面具人唐烽保持着原来的姿势，一动不动。鞭打只得暂停，黑衣人的数量却突然增加，就像一下子复制了很多份拷贝。他们手中挥着电棒，围住舞台边缘，变成了肉身护栏。面具人只得一个个重新回到座位。

主持人棋又走上台来，指挥黑衣人回到原地。

棋的声音有些颤抖："姑娘，我知道你很难受，谢谢你……"他对苏泥鞠了一个躬，"可是，我不入地狱谁入地狱呢？"台下一片哗然。

"知道现代人的标志是什么吗？"棋面向面具人，台下面具人纷纷摇头。

"现代人的标志就是：世界给我什么，我就承受什么。"棋说。

"但是姑娘——"棋把脸转向苏泥，"你以为你露出了肉，你就不是一个梦吗？"

面具人被这句莫名其妙的话搞晕了，不知所措地望着舞台。唐烽笑了，因为他看到棋的眼里闪着泪光。世界荒唐如此，唯有报之一笑。

"告诉我，你是梦吗？"棋又问。苏泥艰难地点了一下头。

棋转向台下观众："大富大贵的你们，喜欢这个梦吗？"

"喜欢！"大家共同欢叫，声音像排演过一样整齐。

"很好，很好！你们多了不起啊！就像马克思先生所说的，'货币的力量有多大，我的力量就有多大'。这个舞台简直就是为你们口袋里的货币量身打造的！哈哈哈……既然使用了货币，既然慷了慨解了囊，那么，就继续看吧！继续从肉身挤出最高度的欢乐吧！！！"

……

在舞台诡异、暗淡的灯光下，苏泥是个幻影，很不真实，而绳子和鞭子共同把这幻影切割得破碎不堪。世界曾给予她棍子和石头，她以为自己只怕硬的东西；世界又给予她绳子和鞭子，她发现自己也怕软的东西。软的东西充满柔软无力的力量，这多么矛盾，又多么合理……在这个似梦非梦、如雾如纱的场景里，头盔充满钢铁的精神，就像一个谶语，而美丽绝伦的绳子则神话般缠住梦。于是这舞台就是一个不断被唤醒的梦。半梦半醒，似梦非梦，又梦又醒，可梦可醒，非梦非醒……

此时，一个古怪的声音飘过来，在礼堂上空回旋：

"也许，只有经历了极致的痛苦和巨大的羞辱，在彻底丧失人的尊严时，灵魂才会真正轻盈、缥缈……"

终于结束了，唐烽回到客房，仿佛回到了真实世界，但真实世界或许也是一个梦。梦会揭示真实，梦有时会躲进阁楼里。舅妈。舅妈。我不懂这个世界。

他庆幸自己活着，回味着活着的滋味。然后他意识到自己并没有活着，他只是拥有活着的瞬间罢了。

第93页

我也不懂我的世界。

有一天小烽放学回来，我正在后院把扫完的落叶铲到垃圾筐里。听到脚步声，我回头看到小烽站在屋檐下，用那种既纯真又孤傲的眼神望着我，这是我丈夫童年的眼神。我对他笑了笑，他也对我笑，霞光照耀在他稚嫩的脸庞上，让人感到有种超季节的湿润的温暖。他笑起来更像我丈夫了。

小烽背着书包，像棵细弱的小树。小树苗壮成长，将变成一棵大树。记得昨天跟他一起在前院荡秋千，荡着荡着，他的一只鞋子飞了出去。他呆呆看着我，眼里竟然露出一丝恐慌。他本能地起身要去捡鞋子，我拍拍他的小肩膀，笑着说："来！比比我们谁的鞋子飞得更远！"我让秋千荡起来，越荡越高，把自己的一只鞋子用力甩了出去，鞋子飞得很远，撞到一棵木棉树上，反弹回来，才掉在地上。小烽见我的鞋子飞得这么远，不甘示弱，继续荡起来，把另一只鞋甩得老高老高，我们看着它从半空摔下来，随着它落地的扑通声，我们哈哈大笑。我笑累了，停下来，看他还在笑，就忍不住接着笑，他笑累了，停下来，见我还在笑，也忍不住接着笑，我们的笑声互相传染，进行笑的接力赛。我相信小烽从来没有过这样持久这样肆无忌惮地笑。他是一个可怜的孩子，跟我丈夫一样。但我不希望他长大后变成我丈夫那样的倒霉蛋。小烽是"我丈夫的童年假设"，但我丈夫一定不是"小烽的成年假设"。

小烽每天放学回到家，书包都没放下就到处寻我的身影。别墅太大，我的活儿太多，有时在前院洗东西，有时在后院铲垃圾，有时在一楼饭厅抹桌子，有时在三楼擦窗户，有时在保姆房给自己的腿上药，唐柯要求地板要洗得像溜冰场一样光滑，所以我老摔跤。他经常找不到我，就大声叫："舅妈—舅妈—"我一听到这清脆的童声，心情就干净如洗，大声回答："我—在—这—里—"他就欢快地叫："这里—是哪里—"我就淘气地说："这里—就是这里啊—"我们简直玩起了捉迷藏游戏，他满世界奔跑，从一楼跑到四楼，一个一个房间找，从前院跑到后院，墙角、树下、石后，每个窗台都可以伸出一个稚嫩的小脑袋，东张西望，眼珠子溜溜转。

他把书包放到石凳上，走到我旁边，问："舅妈，树叶为什么会落下来？"

我把腰直起来，擦擦额上的汗，说："树叶累了，就落下来。"

"老师说是因为秋天到了。"

"老师说得没错，但并不是所有的树叶都在秋天才落。"

"舅妈……"我看到小烽双眸亮晶晶，却欲言又止的样子。

"怎么啦小烽？"

"今天我同桌说他爷爷死了，舅妈，人为什么会死？"

我笑了笑说："人跟这些落叶一样，也会累。死了就彻底不累了。"

"别人说到死的时候都很伤心，你为什么说到死的时候还笑？"

"因为笑，是最后的人权。"

"什么是人权？"

"就是好好活下去的权利。"

……

"今天大块头还会欺负你吗？"

"舅妈你说得对，他就是欺软怕硬的货，我今天不怕他，还狠狠瞪他，他就灰溜溜跑了，哈哈哈，太搞笑了……"

"就是啊，越是看不起的人，就越要多看两眼，把他看得心里发虚、身体发胖！"

"为什么会胖啊？"

"虚胖虚胖，虚了自然就胖了呗！"

"哈哈哈哈哈……舅妈你太搞笑了！"

……

我把袖子卷起来，小烽望着我手臂上的几道伤痕发呆，那是我几天前在洗楼梯时摔倒碰伤的。我摸着它们，感到它们正在微微凹陷。我对小烽说："你看多有意思啊，这些伤痕起初是鲜红的，后来是紫色的，然后颜色越来越淡，现在变成了浅灰色。"

"还痛吗，舅妈？"小烽皱起了眉头，他小小年纪已经懂得关心人，他并不像他父亲所说的那样不懂事。

"不痛不痛，舅妈有时候看着它们，觉得它们就是舅妈的孩子，它们从出生、成长，到消失，像花开花落一样……"

"它们累了，会像树叶一样落下来吗？"

"会的会的，累了就落下来。"

"舅妈……"

"嗯？"

"我长大后要保护你！"

我紧紧地抱住他，笑得两眼水汪汪。

放假的这天，我又回到家，发现家里变了。桌子、椅子、柜子、床、书籍，几乎所有的物件都被绳子捆成大大的×。

"×时代到来了！"我丈夫笑盈盈，他脖子上缠绕着一条非常特别的绳子，这条绳子我依稀记得，当年我丈夫被学校开除，我在他宿舍里帮忙整理东西时，从床角摸出一条绳子，就顺手拿来捆棉被。

秘 密

阿强和兔唇男子不再送饭过来，唐烽被允许跟其他面具人一起到餐厅吃饭。

面具人吃饭时基本不交谈，只用眼神胡乱交流。夜晚的狂欢使他们麻木的神经受到强烈刺激，他们当然不满足于仅仅欣赏变态的色情表演，他们想要身体力行，想把视觉的冲击变成真枪实弹的运动。当性欲被激起来却不能释放，其实是一种可怕的折磨，然而黑衣人的电棒可不是好惹的。

餐厅里负责打饭的工作人员已经离开，面具人仍然不吭声。唐烽有些好奇，大家为什么都那么乖乖地遵守俱乐部规则？偷偷交流几句，谁会知道呢？昨晚那个偷偷跟他讲话的有口臭的面具人应该也在面具人群里，唐烽很想把他找出来，或许这个人敢跟他透露点什么。他把众多面具人扫视了一遍，发现真的很难分辨谁是谁。

"无聊死了！"唐烽突然说，声音虽然很小，但在大家都沉默的环境里，就显得特别突出。

所有面具人都看过来。其中一个面具人用食指指指天花板，又在胸前画了几个圈，好像在讲哑语。唐烽不明白，只好又说："这样会憋死的，讲话吧你们！"

这几句话唐烽是用更低的嗓音在说，外面不可能会听到。但一个工作人员推门进来，递给唐烽一张纸条。唐烽展开纸条：

警告一次。若再犯就把你送回米字路口。

笔迹是村长的。这时唐烽明白那个哑语的意思了，看来这里到处都装有监视器，到处都有眼睛。真是一个不可捉摸的地方。

晚上回到客房，见地上有一个信封。跟昨天收到的一样，信封上只写着他的门牌号。他撕开信封，里面有一张纸条和一张入场券。纸条上写着：

明晚 10 点大礼堂有演出。9:45 车子会在楼下等。

你比他们更好奇，也更麻烦。注意了。

村长

第二天上台表演绳戏的不是苏泥，换成了丽丽，她健硕的身体被绑着吊起来是另外一番味道。第二天、第三天晚上他没收到村长的信和入场券。

第三天、第四天没看演出。

第四天晚上只收到入场券，没有信。

第五天看演出，表演的内容相似，但表演的不是苏泥或丽丽，是另一个女子。

第六天，没看。

第七天，看了。

剪剪没再出现。

一天早晨，其他面具人都还在熟睡，庭院内不见人影，唐烽起得很早，下楼，走到后山，在那块巨石上遇到了苏泥和丽丽。她们盘腿坐在石头上，有说有笑，唐烽本能地想问问她们身上的伤是否还在痛，但他克制住了自己。

他问她们吴剪剪在哪里。她们说不知道，说她们三个是好姐妹，但剪剪总是独来独往，上次偷偷离开村子，也没告诉她们一声。

三个人一起坐在石头上，沉默了很久。唐烽突然说："我以为缠禅村是一个世外桃源，原来是……"

"是什么？"丽丽声音尖锐，像把刀子。苏泥眼神有些躲闪。

"没什么。"唐烽决定把话吞回去。

"难道你不喜欢看吗你不喜欢看你来干什么你这种人有什么资格对缠禅村说三道四……"丽丽咄咄逼人。

"丽丽——"苏泥叫住丽丽，丽丽鼻子里哼了一下，气呼呼地站起来，跑开了。

巨石上只剩他们两人。

唐烽问苏泥："为什么是这样？"

苏泥叹了一口气说："如果我们不这样，你们这些人怎么会把钱款乖乖施舍给缠禅村？那村里这些老弱病残就都得饿死。"

"就没有其他办法了？"

"村长什么办法都想过了，他非常痛苦，他最初构想的缠禅村不是这样的，他想让这个世界得到一种平衡，消除贫与富、贵与贱、幸与不幸之间的差距，但是……"苏泥眼圈红了，继续说，"世上有很多这样的人，要风得风，要雨得雨，玩女人玩得麻木了，他们的欲望不停升级，就像电脑软件一样，病毒总在升级，而杀毒软件也必须相应地升级。这就是这个世界的规则。"

唐烽羞愧地低下头："是村长说的吧！"

"你已经很像一个合格的村民了。"

"村长到底在哪里？"

"村长只是一个符号，他希望每个缠禅村村民都能够对自己的生活当家做主。"

"但是……"唐烽不知该说什么。

苏泥继续说:"世上总得有人拯救那些无依无靠的孤寡病残吧!我们用自己的表演换来金钱,让他们能够活下去,我觉得我们所做的事情一点儿也不可耻,我们甚至为此而骄傲。村长说,我们其实才是真正的英雄。"

唐烽不知该说什么,沉默了一会儿,问:"客人跑来这里就是为了看表演?"

"不全是。"

"那为了什么?"

"传说缠禅村有三个秘密,你已经知道了第一个秘密:绳奴。这个秘密其实不算秘密,因为你们来之前就已经知道,并且为此支付了钱财。"

"可我来之前不知道!"唐烽似乎很想脱离"他们",他接着问,"那第二个秘密呢?"

"地下迷宫。"

"第三个呢?"

"第三个秘密藏在第二个秘密里,只有参透了第二个秘密的人才会知道第三个秘密。"

"真神奇!他们就是冲着这些秘密来的?"他冷笑。

"只是传说嘛,你又何必认真?"

他们正说着,丽丽突然冒了出来,手中抓着一把野花,大叫:"苏泥,你就告诉他吧!"

唐烽一脸茫然,问:"告诉我什么?"

苏泥摇头不语。

唐烽转向丽丽,丽丽也不开口。唐烽又转向苏泥,用哀求的眼神看她。他已经预感到这事一定跟吴剪剪有关。

苏泥深深地叹息，说："他们看我们表演有点腻了，要求换新的演员，所以……所以村长决定让吴剪剪上台……"

唐烽听到后，整个人傻了。

"是啊是啊，下一个就该吴剪剪上场了！"丽丽兴奋地说。

"丽丽！你少说两句吧！"苏泥呵斥丽丽。

"凭什么她就可以清白，咱们就天生下贱？咱们哪里比不过她？"丽丽愤愤不平。

苏泥说："你还是那么容易嫉妒，村长让你修，你都修到哪里去了？"

丽丽说："难道你不嫉妒？"

苏泥说："我无所谓，只要让我清醒，别人可以对我做任何事。就算要杀了我，我也可以眼睁睁地看着自己死。"

唐烽目光呆滞，嘴里喃喃着："你们都是可怜人。你们都是可怜人……"

他也不顾她们的反应，自顾自离开，一路垂头丧气，走到自己的房间，关上门，拼命克制着各种疯狂的念头。

第七章：缠禅村

第100页

我半夜从梦中惊醒，看着身边熟睡的丈夫，像婴儿一般透明无邪。那条漂亮的绳子在地上曲折蜿蜒，像一条五彩斑斓的蛇。

睡不着，就悄悄爬起来，乱翻书。一个波斯诗人写道：

> 不知为什么，亦不知来自何方
> 就来到这个世界，像水之不自主地流
> 而且离了这世界，不知向哪里去
> 像风在原野，不自主地吹

我翻开另一本书，这是一本小说。随意翻，随意看到一句话：

> 有一件事情必须提到，那就是月光比日光短命得多。

我开始想一件事，就是在我们的屋顶上面，同样也会有一轮月亮。我们的窗帘是拉上的，遮住了窗户，也遮住了月亮。月亮发出的光，被称为月光，但是月亮不管这些。

我放下这本书，又翻开另一本书，这是一个不知名的中国诗人写的诗：

失眠，失去了什么？
水滴的声音有了刀痕
刀痕找到了回家的纹路
在窗帘的后面
我得到了一个紧凑的月亮

我丈夫很正常，比正常人更正常。他是对的，×时代到来了。当大家都还没察觉到的时候，我丈夫发现了这个秘密。

而我还发现了另一个秘密。我在别墅里当保姆，开了眼界，诱惑摆在眼前，我可以选择做另一人——在别墅里我是另一个女人，写另一部小说，这部小说没有×，全是√。

但这不是真正的小说。我必须在阁楼里写真正的小说。

我把在唐家做保姆的钱带回家，我丈夫认为这些钱太多了，不是一个保姆应该拿的。我说："我不是当保姆的料，但我居然当了，所以就值这么多钱。"我丈夫皱起了眉头，他变得比以前更沉默寡言，坐到家门口看报纸，一看就是一整天。

有一次他的脸从报纸中抬起来，对我说："从第一天起我们就彼此了解，但我们一起生活了那么多年，还是会把彼此吓一跳。"他把这句话说得很慢很慢，像在朗诵，而且说的时候眼睛还盯着报纸，所以我怀疑他是在念报纸上的铅字。于是我对他笑了笑，他也对我笑了笑。

我一直有这样的特殊品性：我有时候是我，有时候不是我；我有时候是小阁楼里的妻子，有时候是大别墅里的保姆；

有时候清浅如溪，有时候深沉如海。

其实我丈夫也有这样的品性，其实每个人都有。

为了搞清楚我到底是谁，我就广交朋友。人人互为镜子，我结交各种朋友，就如同照各种镜子。在每个镜子里我照到不同的自己。有时我还把小烽带到家里来玩，我跟那些男男女女的朋友乱开玩笑或讲笑话的时候，小烽写作业，或者玩玩具。

这些朋友奇装异服，被邻居们形容为"不三不四"，但其实他们都是可怜人。其中一对姐妹，姐姐把头发染成金黄色，妹妹则染成栗红色，她们都是学音乐的，因为老唱一些外国的怪歌，就被单位里的同事排挤和嘲笑。我却很喜欢听她们唱歌，她们一个吉他弹得好，一个歌唱得好，合在一起就是一个美妙的组合，我也很喜欢跟她们聊天，有时候会把她们带到阁楼上聊。

我的衣服很朴素，从不戴饰品，有时候把黑鞋带系在脖子上，打一个蝴蝶结，就充当个性了。她们虽然打扮新潮，却也喜欢我的朴素。这跟大多数人很不同，大多数人喜欢排除异己，在他们的世界里，但凡跟自己不一样的，都是不好的，甚至是危险的。

我们从来都不正经聊天。

妹妹说："我小时候的梦想是娶唐僧做老公，好好爱他，他如果不爱我，我就把他吃掉。"

姐姐说："堕落并不可怕，可怕的是当一个人堕落时非常清醒！"

我就说："我不堕落，我故意生活，故意写作，故意结婚，故意活得像个人！"

我跟这些朋友玩闹时，小烽一直低头做他自己的事。他们觉得这个小孩很乖，偶尔也会逗逗他，但他总是逗不笑。我从小烽身边经过时会摸摸他的脑袋，或者拍拍他的胳膊，这时候他对我露出甜甜的微笑。朋友们都很诧异，说我们胜似母子。我淡淡一笑，心里又喜悦又酸楚。小烽喜欢跟我在一起，就连我放假回家他都要跟着来。他的母亲抛弃了他，他住大别墅，衣食无忧，但他是一个极度缺爱的小孩，小小的身子里弥散着孤绝的气息。

　　我把小烽带回我家，他父亲很不高兴，但他太忙了，根本无暇顾及。

　　有个朋友放荡不羁，喜欢讲歹毒的笑话，当他说"以前脱下内裤看屁股，现在，拨开屁股看内裤，因为我穿的是丁字裤"的时候，我立刻偷偷看小烽的反应，他的小脸红扑扑，小拳头攥得紧紧的，我心里突然很难过，很想杀了他那可恶的父亲。

　　他的父亲唐柯经常把女人带回家鬼混，更糟糕的是还经常忘了关门。有一次我路过他的房间，听到一个男人粗鲁的声音不停叫着"母狗"，然后就看到唐柯正用皮带抽打一个女人的屁股，这个女人穿着一件丁字裤，发出仿佛既痛苦又快乐的呻吟。

　　可怜的孩子，我该怎么保护你？我看了看小烽，又走到门口，望了一眼不远处正在看报纸的丈夫。

月　光

"我该怎么保护你？"

这或许是一句梦话。

唐烽一觉醒来，发现月光洒满房间。他坐起来，看着白色枕套的斜凹纹路发呆。浅蓝色的地板在月光下像起伏着微弱的海浪，这让他想起了吴剪剪叙述中的海边理发店。被褥皱成一团，堆在床的一角，楚楚可怜，荡漾着孤儿的气息。

当唐烽得知吴剪剪即将上台表演，将在众目睽睽之下宽衣解带，而且绳索缠身，他就痛苦得要疯掉。那条他从小就一直感兴趣的漂亮绳子，如今变得面目可憎，像一条妖冶扭曲的毒蛇，在黑暗中一口一口地撕咬他。他翻来覆去，无法入眠，回忆、想象和幻影胡乱交缠。这几天的绳戏表演，深度刺激不停冲击，像电钻在他心里凿出一条血迹斑斑的隧道，这条隧道通往他过去的荒唐岁月，也通向他现在的茫然失措，它并非通行无阻，而是荆棘密布、险滩重重……不知剪剪身在何处，不知自己身在何处……好不容易睡了，世界陷入一片沉重的乌黑……

醒了。只有月光带来了空悬的轻，让他有了短暂的气定神闲。他知道到处都有监视器，到处都有眼睛在盯梢。怎么办？怎么救剪剪？怎么逃出去？月亮沉默不语，只把皎洁目光收回。太阳照常升起。

日光毫不客气地扫射，清晨的庭院一如既往地空荡荡。唐烽下楼，在荷塘边遇到摄影师哈哈。哈哈很高兴能在清晨见到人，热情地跟他打招呼。

"早啊！早晨的空气真好！他们太傻了，把最好的时光都睡没了！"哈哈说。

"这是现代人的特征，黑白颠倒。"唐烽说。

哈哈摆弄着他的相机，请唐烽看相机里的照片。唐烽心不在焉，象征性地看了几眼，猛然发现好几张照片拍的都是吴剪剪。吴剪剪在一个光线很暗的房间里梳头；吴剪剪在一个八角凉亭里看书；吴剪剪蹲在草地上捡一片叶子。

"这些照片在哪里拍的？"唐烽把相机拿到自己手里。

"哪里都有，随便拍的。"哈哈回答。

唐烽就算知道照片是在哪里拍的也无济于事，他除了盯着照片发呆还能干什么？哈哈要把相机拿回，唐烽不肯。

"别看了！这姑娘不上镜，她本人更好看。"哈哈说。

"是你的技术太差了！"唐烽故意挑衅，他心里有火，需要发出来。他以前心里常有欲火，那是人类的正常之火。现在心里是陌生之火，更难以扑灭的火。

"我技术差？没关系，小兄弟，你不懂我不怪你，哈哈！"

"你就只会拍！连拍的是什么人，拍的是哪里都不知道！"

"我不需要知道那么多！我是什么水平大家心知肚明，村长最知道我的……"

"你拍过村长吗？"

"没有。"

"那就别跟我吹嘘了！"

"不是我拍不到村长，是村长不允许拍他。在我们村，我是唯一被准许拍照的，而村长是唯一不准拍的。这些是规矩，你们这些外人是不懂的！"

"有必要这么神神秘秘的吗？说来说去，你不过就是一个摄影师而已。当你拍别人的时候，也被别人拍了！"

"谁？谁拍我了？"哈哈紧张地问唐烽。

唐烽手指向上胡乱指指。

"哦，你是说监视器呀！告诉你吧，"哈哈面露得意之笑，"这些监视器都是我亲自设计亲自安装的。"

"嘘……"唐烽小心翼翼地对他耳语，"你不怕被上面听到吗？"

"哈哈，没事，听不到。"

"怎么听不到？"

"我告诉你吧，本来装监视器的时候是要装监听系统的，但是村里没那么多钱了，就只好作罢，所以，他们看得到，听不到，除非学会唇语。"

"你是说，我就算在这里骂人都没关系？"

"哈哈，还是别骂吧！骂人的样子肯定很难看！"

"唉……连睡觉都被看到了！一点隐私都没有了。"

"你放心，没有人会看你睡觉的样子的，而且……"

"而且什么？"

"没什么。"

"你不说，肯定有问题！难道你偷拍过别人睡觉的样子？"

"没有那么下三烂的事，我们村里人都很淳朴……"

"淳朴？据我所知那些表演……"

"不该说的不能乱说，你要懂得规矩……"

"规矩是谁定的？"

"我们村里所有人。"

"那为什么要装监视器？"

"监视器并不是万能的！它也有它不能抵达的地方！"

"据说监视器的红外线装置能透视到人的内部……"

"那是传说，传说往往不可信。"

"我明白了，它只能透视人的外部。"

"其实它跟人的眼睛一样，也需要光。"

摄影师哈哈说完这句，唐烽说声"谢谢"，就匆匆忙忙上楼了。哈哈望着他的背影叹了一口气。

第108页

"浩渺太空临千古，千古此月光。人世枯荣与兴亡，瞬息化沧桑。云烟过眼朝复暮，残梦已渺茫。今宵荒城明月光，照我独彷徨！"

近来小烽喜欢在睡前听我念一段书里的文字。

"床前明月光，千古此月光。"小烽喃喃自语，还朝我调皮地笑了笑。

"母狗！母狗！母狗！"唐柯粗俗的叫声从他房间隐隐传来。

"舅妈，你有没有听到奇怪的声音？"小烽一脸茫然。

"声音啊，书里有各种各样的声音。"我故意提高嗓门念起来，"那些镜子里的尖叫，破碎了，菊花瓣一样撒了一地。"

"六月初七日，江头蝉始鸣。石楠深叶里，薄暮两三声。"

"青色的橘子树下，蹦出那只猫咪，它轻轻叫着，若有若无，仿佛我们和这世界有着丝丝缕缕的联系。"

"巴江猿啸苦，响入客舟中。孤枕破残梦，三声随晓风。"

"那些灯光，照见湿漉漉的影子，雨点落在地上，滴滴答答着蓝色的光。"

……

小烽睡着了，我轻轻关上门，回到自己的保姆房。

"千古此月光。"我低声念着，开始胡思乱想。

1.男和女，贫和富，生和死。男和女的对抗是人的问题，是人性内部的较量；贫和富的对峙是社会问题；生和死的问题是宇宙的问题。当我想不通男女问题时就去想贫富问题，于是豁然开朗；当我想不通贫富问题时就去想生死问题，宇宙的浩渺让人钻入无边无际的虚无里，既绝望又幸福。我把三大问题缠在一起，就会恍然大悟：原来根本没什么问题……

2.我让更多的自己浮现。唐家是一个战场，我是一个勇敢的战士，我要让自己完璧归赵。归去，买米买衣，治我丈夫的腰伤和风湿，他的眼病也不能耽搁了。我的武器是什么？我的武器就是我，独有的我，丰富立体的我。他保护他的钱财，我保护我的自尊。他在等我开门，我在等他开窍。在唐家我们只能捉迷藏，只能在玩笑中刀光剑影……

3.时光流逝，谁也不知道谁还能流多久，月光不流，月光留下来作证。我要克服自己在至高无上的权钱魅力前的自卑感，我要傲慢起来，把骨子里的卑怯藏起来……这些都算什么呀……

4.我不但要做最好的妻子，也要做最好的舅妈。小烽是个可怜的孩子，他一定恨他父亲，一定是他父亲的风流导致他母亲的离去。明天要怎么提醒唐柯把房间门关上，孩子的耳朵不应该被污染……

5.别墅是别人的，所以叫别墅。别墅里的小说充满∨，而我想回到阁楼里写真正的小说，也许我根本就没有什么故事可讲，我只是想写，不停地写。后来我发现自己写了那么多文字，其实只是在重复地写两个字——恐惧。真正的小说里全是×，我想象编辑们内心填满了×，连舌头都打×……事实上我明天还要早起，很多活儿等我去干。过两天要发工资，钱到我口袋里，我才放心，悬在空中的永远是别人的……

6. 我……

7. 你……

……

门

现在唐烽觉得缠禅村的监视器并没那么可怕。从某种意义说，太阳是白天的监视器，月亮是夜晚的监视器，它们都要倚靠光。

一个计划的轮廓在唐烽心里浮现。他有轮廓，却总抵达不了细节。总之要破坏，要捣毁这一切。一个孤儿对另一个孤儿的感情，就是这么孤注一掷。

凌晨两点钟，看表演的面具人都回来了。凌晨三点钟，客房的灯都灭了。整栋楼都黑了。趁着黑灯瞎火，唐烽敲开了隔壁一间房。这个面具人似乎刚要睡，面具已经摘下，听到有人敲门，以为是村里的工作人员有事找他，所以没有把面具重新戴上就来开门，看到同样没戴面具的唐烽，以为他真的是工作人员。

这个面具人因为没戴面具，唐烽觉得陌生而亲切。他身材瘦长，五官端正，眼睛上还架着一副金丝眼镜。他要开灯，被唐烽阻止了。

"怎么啦？是不是村长想见我？"金丝眼镜问。

"嗯……没事……问几句话。"唐烽知道他搞错了，索性将错就错，摸索着走进他房里。

尽管没开灯，但由于月光斜入窗，唐烽还是能感觉到这间房跟他那间房的内部装修和摆设几乎一模一样，当然，月光也是一样的。

"迷宫到底在哪里？"还没等唐烽开口，金丝眼镜倒先说话了。

"迷宫啊……迷宫在大铁门外面，整个村庄就是一个迷宫……"

"你就别瞒我了！所有人都知道缠禅村还有一个地下迷宫。"

"所有人？所有人是谁？"唐烽感到好奇。

"哦，哦，也不是所有人了……我们、我们不能互相交流，不过很多事情我们心知肚明，我们付的会员费可是一大笔啊……"金丝眼镜喃喃地说着。

"心知肚明？嗯，心知肚明！那就好，那就好……"唐烽想起苏泥说过的三个秘密，原来大家都惦记着。

"村长他老人家好吗？"金丝眼镜问。

"好，好。嗯，他让我来了解了解情况。"唐烽说。

"他们很多人都去过迷宫了，你们什么时候带我去？"

"谁告诉你很多人都去过迷宫？"

"嗯……不用谁告诉，都是心知肚明的事……"金丝眼镜的声音在黑暗中显得有点虚弱。

"不要胡乱猜测了！村长叫我来，就是想问问你们看表演的感受。"唐烽说。

金丝眼镜嘿嘿笑说："很精彩！非常精彩！值得一看！而且很真实！比看电影更真实！"

"狗屁！"唐烽脱口而出，"如果在台上表演的是你女儿，你会觉得精彩吗？"

"我没有女儿。"

唐烽敲开了另一扇门，这个人一嘴龅牙。他说："我很想我女儿，她过几天毕业考试，能不能让我给她打个电话？"

"如果你女儿知道自己的父亲在看这种色情表演，会怎么样？"唐烽问。

"呵呵，这个，都是成年人嘛。"

"你觉得地下迷宫怎么样？"

"地下迷宫？是真的吗？我还以为是道听途说呢！"

"哦，只是一个传说。"

"可是我听说迷宫不止一个呀！有人说是绿色的，有人说是玫瑰花色的……"

"既然村里规定大家不能交流，那么迷宫的事是谁告诉你的？"

"嗯……这个……其实是这样，我来缠禅村之前就听说了……我还以为是真的，后来又觉得是假的，后来又觉得是真的……唉，到底是怎么回事啊？"大龅牙在黑暗中闪着白光。

唐烽敲开另一扇门，这个人很年轻，留着一头长发，不是想象中的官员或大款的模样，跟唐烽有几分神似，应该也是"富二代"。不过他好像刚刚哭过，声音有些沙哑。

"你刚才哭了？"唐烽问。

"是的，村里不允许哭吗？"他有点横，估计平日里少不了飞扬跋扈。

"想家啦？"唐烽好像看到了过去的自己，饶有兴趣地问。

"你是说时间的家，还是空间的家？"

"你是做什么的？"

"我是一个行为艺术家。"

"好玩吗？"

"我不是来玩的。这是一次艺术行为，我来探索人类心灵的小缝隙。"

"你心灵被净化了？"

"每个人原本都是干净的，身上溅满人们走过之后的尘土，就变脏了。"艺术家侃侃而谈。

唐烽发现自己渐渐变成一个采访者。

一扇门里的人说："我确实喜欢玩女人，确实也干过一些坏事，不过我也不算太坏，谁没干过坏事呢？"

又一扇门里的人说："我不知道灵魂什么的。我是一个无神论者，一个享乐主义者，我对迷宫不感兴趣，我靠自己努力打拼才得到现有的财富，我理所应当做我想做的事。"

又一扇门里的人说："我承认我不是什么好东西！这个世界上有几个好东西？如果我有两个苹果，但我只能吃一个，另一个我会让它烂掉。不为什么，就是这么简单。"

"是很简单，简单得跟真理似的。"唐烽说。

"地下迷宫并不好玩。"他又说。

"你去过迷宫？那么第三个秘密是什么？"唐烽问。

"我不知道什么第三个秘密。我只是在迷宫里看到一个没腿的老头趴在地上，他一直跟我说：'给我一张轮椅吧，给我一张轮椅吧！'我就纳闷他怎么知道我是卖轮椅的。有人说只有卖轮椅的才会知道这世上有多少没腿的人，但我确实不知道啊。我回去打算捐献100张轮椅过来，你说够不够？"

唐烽敲开了一扇又一扇门，敲得似乎很过瘾，过瘾得忘记了自己的目的。这次他敲开的是那个肚子大得像孕妇的面具人的门。他没戴面具。唐烽和他在月光下相互看了看，就都心照不宣地笑了。他就是陈局，那个不久之前还在自己生日宴席上喝酒的某某部门的局长。

"果然是你。"唐烽说。

"真是缘分啊。"陈局说。

"是，是缘分！这样太好了！你帮我一个忙，帮我救一个姑娘！她明天就要上台了！"唐烽恳求他。

"我不是第一次来，我了解游戏规则。你知道你这样做有多危险吗？你胆子也太大了吧！"

"不要告诉我太多，我也怕自己会退缩。我现在没别的办法，我控制不了自己！"

"没有人会帮你的！你应该学聪明点儿！越有身份的人，就越害怕暴露自己的身份！"

眼看天就要大亮了，唐烽空手而归。

墙上的钟指向7：00，敲门声响起。唐烽怀疑自己听错了，好久没去开门。谁会敲我的门？难道是剪剪？他箭一般地飞去门边。

门打开，三个黑衣人堵住门口。他们交给他一封信，唐烽打开看：

> 你违反了缠禅村规则，现决定把你关押七天。
> 千古此月光。
>
> 村长

就像来时一样，黑衣人给唐烽的眼睛蒙上黑布。无可避免地，他从黑布想到了吴剪剪。这一瞬间，他有种恍如隔世的感觉。他在黑暗中感觉黑衣人并没有把他带离这栋楼。他们把他放进这栋楼的某个房间里。

黑布被解开。黑衣人关门离去。看到房间里还有三个人。兔唇男子、癞头园丁和阿强都安静地看着他。

第 126 页

唐柯经常很晚回来，有时候带一个女人，有时候带两个。有时候没带女人回来，醉醺醺地喊他的保姆打开院门，他的保姆就是我，而他的大门钥匙在口袋里竟拿不出来。搀扶、端茶倒水，听他嘴里咕噜咕噜说一些没头没脑的话。保姆必须等主人同意才能回房休息。如果醉得不够厉害，他喝了两口水后，就会用迷离的眼神看着他的保姆，然后开始他那冗长的时而文绉绉时而粗俗无礼的发言：

"费如啊费如，你是一个有头脑的女人，应该能理解我啊我一天天过着油腻腻其实干巴巴的日子没完没了地重复真是没劲啊……你笑我词不达意？（我没有。）我承认我的欲望多得溢出来。（那得控制一下哦。）但我是一个有文化有修养的人你说呢？（是啊是啊。）程新风有什么好？（程新雨有什么不好？）什么风啊雨啊我都经历过了，你一个保姆，非得跟我对着干吗？（我哪敢啊。）女人卖弄小聪明有什么好处？女人还是蠢一点好！（唐先生你不能再喝了。）

"你别跟我耍心眼了！单纯一点怎么样？我今天很烦！（我一直很单纯。）你的鬼心思以为我不知道吗？（你潜意识不能到处乱流。）哈哈，我喜欢你讲话的方式，真他妈过瘾！我们才是天生的一对！你那个呆老公又穷又笨……（我跟我老公才是天生一对。）你是猪！你们都是猪！（你是主人你掌握了生杀大权就随便你怎么说吧反正你说的又不是真理！）对不起费如，你恨我吧！（我不恨。）我真希望你能恨我呀！（老说'恨'字有点矫情了。）我今天真的很烦！你要怎么样才会明白我呢？我没干过什么伤天害理的事，也不希望有人逼我干！（你真的不能喝了。）

　　"我冷静我冷静！费如你陪我喝一杯吧！（对不起我不会喝酒。）

　　"我命令你！你必须喝！否则我就炒掉你！我知道你怕我炒掉你，你那个没用的老公连腰都挺不直，你家里都快没米下锅了你还摆着个臭脸给我看……（好吧我喝，但求你不要再说我老公了。）

　　"费如你真的不懂我啊！我怎么会舍得让你干那些粗活呢？你干吗站得那么远呢？坐过来，再喝一杯！

　　"我不是你所看到的那个唐柯，费如，别看我外表强硬，其实我内心很软弱，可是没人懂我啊！（你原本有一个幸福的家庭，但你没珍惜。）

　　"哈哈哈……你以为是我没珍惜吗？你们这些笨蛋，不管青红皂白就认定我是恶人！别逼我！我还真想当一回恶人……我告诉你吧，程新雨那个贱货，她根本就是贪图我家的钱才嫁给我的！她竟然背着我跟别人偷情！你还以为我很幸福！我操他妈的幸福！程新雨这个贱货，欺人太甚啊我都不知道自己是不是在帮别人养孩子……

　　"你是不是觉得我很可怜？"唐柯的脸藏在阴影里，一半在笑，一半在哭。

　　我的头开始隐隐作痛。头痛很久没有复发了，原本以为它已经忘记我，再也不会来找我了。

　　"你再坐过来点，费如！我知道你在想什么，你以为我是什么人？我不缺女人，荤的素的都有，这东西就跟吃饭一样，饿了来一口，饱了也就那么回事……费如，再陪我喝一杯吧！"

我摇摇头，想把头痛摇走。

"每次看到小烽我就会想到那个奸夫，我就一肚子火！你知道我有多难受吗？"

我继续摇头。

"费如，当我心灵软弱的时候，身体就会变得很强硬，我一直在忍……"唐柯把眼睛眯成一条缝。

更强硬的是我的头痛，它席卷而来，我忍。

"小烽一定是你的亲儿子。你不应该怀疑。"

"屁话！"

"求求你对他好一点！他已经没有妈妈疼了……"

"你求我？好！跪下来求！"

我被一阵剧烈的头痛摔在地上，他在醉醺醺中把这当成了跪，享受着高高在上的快感。他摇摇晃晃走过来，拉开裤子拉链……

我闭上眼睛，头只会更痛，如台风袭击，久违的臭牛奶味弥散开来。我把他胡乱一推，他没有防备，就重重地往后一跌。

唐柯跌得很惨，后脑被撞了个大包。我知道自己闯祸了，我必须向他道歉，是的，必须。

"对不起对不起我不是故意的！"

"没关系，"他居然笑了，"别当我是傻瓜就好了！"

"嗯，明白。我明天就滚蛋。只希望你给小烽找个好一点的保姆……"

"没那么简单！亲爱的费如，先告诉我——"他肚里的酒精刚才应该被彻底撞没了，但为什么说的仍然是醉话？"你把我们唐家的传家宝弄到哪里去了？"

"什么？什么传家宝？"

"别装蒜了！那可是宋朝的青瓷，从我爷爷的爷爷传下来的。你是我家唯一的保姆，不是你拿的难道是小烽拿的？谁不知道你家有个病人等着钱治病呢？你还是快点把它拿出来吧！不然我可要报警啦！"

"唐先生，我从来没有看到什么青瓷！求求你不要冤枉我！"我急得眼泪在眼眶里打转。头痛啊头痛，我的影子，我的终身伴侣，请你告诉我，我该怎么办？

"让我来告诉你吧！你老公倒霉透顶，都是拜你所赐！你是个扫把星！惹是生非！你想给他幸福？你也不照照镜子，瞧瞧自己那副天生的贱样！你们全家都是贱种！一个一个都想来骗老子的钱！哼！我告诉你，老子有钱，吃不完用不完，老子就算让它们烂掉也不会分给你们！穷不是你们的错，错就错在穷得叮当响还要摆什么高贵！老子就是要把你们打回原形……我是太软弱了，但你们也不要逼人太甚了！阴谋的一家子！别他妈做梦了！老子一分钱也不会给你们的……你一个保姆，居然敢打我传家宝的主意，好，好得很，我现在就报警……喂……"

我冲上去抢电话。我也要疯了。我们扭打成一团。

"舅妈，爸爸，你们在干什么？"小烽站在门口，眼里满是恐惧。

这里就是这里

这个房间跟其他客房的装修和摆设差不多，唯一不同的是这个房间没有床，地上有四个铺位，各放一套被褥。看来他们三个是要跟唐烽一起睡在这里。

"为什么要关我？"唐烽问这三个人。

"因为你违反了村规。"阿强面无表情，声音匀速而沉稳。

"是谁告的密？"唐烽又问。

"你的一举一动都逃不脱村长的眼睛。"兔唇男子胸口的"恨"字露出了一半，很像一个"归"字。

唐烽想想这件事其实也很简单，要么是哈哈说的监视器有缺陷是骗他的，要么就是那些胆小怕事的面具人告了密。现在麻烦的是，晚上剪剪就要上台了，而自己却被关在这里。难道这些都是村长的安排？难道村长自己就是一台无懈可击的监视器，连别人的内心世界都能看穿？

癞头园丁一言不发，仍然用如痴似呆的眼神看着他。

有人送饭过来，他们吃了。四个人在房间里，显得有点拥挤。唐烽在地铺上胡乱躺着，不停地看墙上的钟，心急如焚。

如何逃出去？唐烽想得脑袋发烫。时间马不停蹄。唐烽多么希望时间会迷路，那样他和吴剪剪也许就能藏匿起来，挣脱命运的笼罩。

钟指向20：13的时候，阿强和兔唇男子在地铺上和衣而卧，却似睡非睡。癞头园丁则坐在一张椅子上，时不时偷看唐烽一眼。

唐烽看了看躺在地上的阿强和兔唇男子，不能分辨他们是否已经睡着。

"这个，嗯，你、你可以帮我吗？"唐烽悄声对癞头园丁说。

"可以。"他回答得很爽快。

"那么……"

癞头园丁从口袋里摸出一把钥匙，打断唐烽的话："你跟垃圾车一起离开这里，时间刚好。"

"就这样？"唐烽不敢相信。

"就这样！"癞头园丁说。

唐烽顺利爬上了垃圾车。垃圾夫人跟上一次一样，直到把车开出大铁门，才开始说话。

"这次要逛哪里？"垃圾夫人问。她不是记性不好吗？他现在脸上并没有面具，她怎么知道他是谁？

"你知道我是谁？"唐烽问。

"不知道。"垃圾夫人说，"但你们都一样。"

"我跟他们不一样！"唐烽不喜欢别人把他跟其他人混淆，"你能带我去剧院吗？"

"你是说大礼堂吧！没问题啊！"垃圾夫人说。

唐烽没想到一切这么顺利，心情愉快起来。心情一好，空气就是香的，连垃圾都散发出阵阵馨香。

剧院到了，唐烽说了声"谢谢"，就要走，被垃圾夫人拦住。

"等等！"垃圾夫人从车上拿出一个东西递给他。

唐烽接过来，原来是一个手电筒，他愣了一下。垃圾夫人怎么仿佛什么都知道？他们挥手告别，垃圾车向另一方向驶去。

半椭圆形的大剧院灯火辉煌，门口无人把守，偌大的广场空旷寂寥。

唐烽一路畅通无阻，走进剧院里面，台下已熄了灯，台上镁光灯正闪耀。演出已经开始了。

他一眼就看出在台上跳舞的女子是吴剪剪。她化了妆，穿着一身淡青色长裙，跳的是一种柔美的古典舞。舞姿曼妙，裙裾飞扬。

没有人注意唐烽。他顺利地找到了电闸，深呼吸，拉下电闸，打亮垃圾夫人送他的手电筒，这黑暗中唯一的光。顺着这微弱的光柱，他跳上舞台，抓住吴剪剪的手，不顾一切地跑。这一切发生得太快，他们只顾跑，把背后的混乱不堪远远抛开。

他们跑得气喘吁吁，扭头发现黑衣人在后面追。还好村里没有车，否则四条腿无论如何是赛不过轮子的。夜晚的村庄是沉默的迷宫，月光下，所有房子都一样。他们不知该往哪里跑，而黑衣人的脚步声越来越近。

不远处一个房子的大门忽然向他们敞开，一个胖乎乎的身影在跟他们招手。

他们毫不犹豫地躲进这扇门。屋里只有烛光，唐烽认出他就是那个在稻田里耕作的胖子，那个渴望时光倒流的可怜人。他看着胖子，就想起了他的助理。

他们隔着窗户隐隐看到那些黑衣人已离去，唐烽总算松了一口气。到底是怎么回事啊？一切都那么不可思议。

唐烽这时发现自己的手跟吴剪剪的还牵在一起，他们的手心都出了汗。他依依不舍地放开了她的手，她一言不发，平静地望着烛光。

"我们必须逃出去！"唐烽说。

"你又何苦管我？冒那么大的危险！"吴剪剪皱起了眉头。

"你为什么同意上台？是谁逼你的？"唐烽用责怪的口气问她。

"谁逼我的？是啊，我也很想知道是谁逼我的！我妈有病，我没有办法，一点办法都没有，我……"

"所以你把自己卖……"

"……本来我是要卖肾的，虽然我恨她，但……后来鬼使神差来到这里……村里借钱给我，我才暂时保留这副完整的躯壳……"

"当初为什么带我来这里？"

"上次我不肯上台，偷偷逃出村子，后来才知道是村长故意放我走的……他知道我无处可去，走了还会回来……果然我走投无路……然后就碰到了你……"

"为什么选中我？"

"因为你有钱，因为那时我很讨厌你。我想把你的钱弄到村里来，我想让村长原谅我……"

"村长这样对你，你还……"

"你以为我们凭自己的本事就能轻松逃掉吗？我想这次仍然是村长故意安排把我们放走，因为他知道我们走了还是会回来，世界是一个圈，我们能逃到哪里去？"

"你跟我走！我们有很多地方可以去！"

吴剪剪叹了一口气。

这时胖子从里屋拿出一些食物给他们吃，笑眯眯地说："没错，是村长让我在这里等你们的。"

唐烽问："村长在哪里？"

吴剪剪说："村长在村里。村在，村长就在。"

唐烽问："我问你一句话，你现在还讨厌我吗？"

吴剪剪的脸又红了："我现在不讨厌你了。"

唐烽感到心口泛着奇特的涟漪，这种感觉难道就是传说中的爱情？他握住她的手，他们离得那么近，却又感觉那么远。她的脸红得那么生动那么真实，她的手时而温暖时而冰凉，但他仍觉得她很遥远……此时此刻，他竟想起儿时与舅妈玩过的一个游戏。

于是他问："剪剪，你在哪里？"

剪剪说："我在这里啊。"

他说："这里是哪里？"

她说："这里就是这里啊。"

第137页

"每个人背后都有人无端在恨你。我知道你们在背后恨我，但我只是一个普通的男人。"唐柯说。

"费如，警察就要来了！但我还是要告诉你，我爱你爱到骨子里，我一点办法都没有……"唐柯说。

"事到如今，没有人会相信你。小烽可是我的儿子啊……"唐柯说。

再怎么折腾的人生，都如原子弹的爆炸。

寂静 → 轰的一声，火光四射，热浪翻滚 → 寂静。

地下迷宫

"我还是不明白村长！"唐烽反反复复地说。

"这个世界已经完全失衡，人与人之间的差距越来越大，大得吓人，大得快要爆炸了！"胖子说。

"危言耸听！"唐烽说。

"缠禅村的初衷是让这个世界得到一种平衡，"胖子继续说，"村长费尽心血，就是想建立一个理想国，大家安居乐业，消除阶级差别和贵贱之分，所有人都洗去灰尘，干干净净地做人。"

"干干净净地做人？干净的色情表演吗？"唐烽冷笑。

"事情当然没有想象的那么简单，村长也没有想到，缠禅村收留的孤儿、老无所依者、无家可归者、身体残疾或精神失常者、有病没钱医治者、长期失业者和没钱买房也付不起房租者，他们不知从哪里涌出来，变得越来越多，多得无法控制。"胖子停下来，喝水。

"村里需要很多很多的钱。"吴剪剪说，"村长几乎试过了所有的办法，慈善、有钱人赞助、向相关部门申请、改进农业技术……总之什么办法都试过了，但还是不够，远远不够。"

"所以就用绳奴来赚钱？"唐烽问。

吴剪剪说："村长从来没有强迫过任何一个人，每个绳奴都是自愿的，没有人强迫她们，她们情愿牺牲自己，因为她们本身也是受过苦的人，她们知道世上还有很多可怜的人需要解救。她们是英雄！而我……却是个胆小鬼……"

唐烽扶住吴剪剪的肩膀，想安慰她。

吴剪剪轻轻推开他的手，继续说："如果你看到一个生病的人因为没钱治病而倒在路边等死，你会怎么样？绳奴所做的，就是从富人口袋里拿出一点点钱到穷人口袋里，让他们能够活下去。就是这么简单，村长说这是一个古老的生存哲学，叫劫富济贫。"

"村长是个聪明人，但他违背了社会的基本法则，他注定会失败。"唐烽说。

"这个世界的基本法则，是欲望。"吴剪剪冷笑着，"那些看客喜欢眼睁睁地看别人受辱、倒霉，然后慷慨解囊，让自己的内心

210 | 走米

充满优越感。你们这些有钱人为了唤醒自己日益麻木的神经，就不断地去寻求刺激，有人酗酒，有人吸毒，而最刺激的事情，莫过于亲眼看着一个个年轻无辜的陌生女子承受难堪和凌辱，彻底丧失作为人的尊严……"

"原来你也这样看我。你们不是要消除阶级吗？为什么还用阶级的偏见来看我？我只知道，在欲望面前人人都一样！"

胖子忙把唐烽拉到一边，小声对他说："如果你喜欢这个女人，你们就不可能平等了。"

唐烽叹了口气，慢慢平复情绪："一场无意义的争辩，只会消耗大家的感情。"

见吴剪剪低头不语，唐烽又问胖子："村长难道不怕被上面知道吗？"

胖子说："这些看客里有不少有头有脸的人物，牵扯着复杂的关系，上面只好睁一只眼闭一只眼。"

天快亮了，胖子准备了一些食物拿给他们："土豆、地瓜、苞谷，我们喜欢一切从地里长出来的东西。"

"我们能去哪儿？"吴剪剪问。

"首先是离开这里。"唐烽说。

胖子推开里面的一间房门，说："从地下迷宫走，恐怕是唯一的办法。"

"地下迷宫？苏泥告诉我缠禅村有三个秘密，第三个秘密在第二个秘密里面。"唐烽说。

"那不过是传说。就算找到了迷宫入口，但能否找到出口，连村长都没有把握。"吴剪剪说。

"第一个秘密是绳奴，第二个秘密是地下迷宫，那第三个秘密是什么？"唐烽问。

吴剪剪说："传说在缠禅村的地下还有一个村庄，是个迷宫，与地上的迷宫完全不一样。有人说是绿色的，有人说是玫瑰色的，有人认为是彩色的。传说迷宫里有很多道路，每条道路都镶着不同的镜子，每面镜子照出的人都不一样，有的镜子照出聪明，有的照出邪恶，有的照出忧郁，有的照出善良。如果能找到迷宫出口，就能遇到自己内心深处最想见但在现实生活中见不到的那个人……"

"所以第三个秘密就是在迷宫出口遇见的那个人？"唐烽说。

"是这样的，但这只是个传说……"吴剪剪说。

胖子指着刚才打开的那个房间说："你们快进去吧。不管是不是传说，要想出去，首先得进去。"

他们疑惑地对望，然后拎着胖子为他们准备的一袋食物一同跨入门内。

他们一进去，门立刻被胖子关上。这个房间中间有一个通往地下的楼梯。他们走下楼梯，感觉光线越来越暗。

"迷宫入口？"唐烽自语。

吴剪剪点点头。

迷宫的入口非常狭窄，有点像某些名胜古迹中被称为"一线天"的旅游景点，唐烽要侧身方能通过，如果那个大肚子的面具人陈局下来，一定会被卡在里面。进入迷宫后就变得越来越宽，如同置身于一个古怪的地下房子。弯弯曲曲的通道，时而明亮，时而阴暗。

吴剪剪被一个奇怪的念头吓了一跳：我曾经来过这里！在我出生之前我就来过这里！

她竟然有种回家的快意！一种遥远的、熟悉的迷乱而清凉的气息，让她想到了母亲的子宫，她浑身颤抖，几乎要窒息……

"你怎么了？"唐烽的问话把她从远方的虚空打捞起来。

"没什么。"她抓紧他的手。

他们继续往前走。如果遇见分岔口，他们就手牵手任意选一条。通道两边都镶着镜子，亮晃晃的，左镜与右镜互相凝望。吴剪剪抓紧唐烽的手，说："目视前方，千万别看镜子。"

"为什么？"

"镜里颜非昨……镜里颜非昨……"她像念咒语一样反复念着。

唐烽更好奇了，一边走一边忍不住偷看了一眼自己旁边的镜子，他看到一个小男孩拉着一个小女孩并排走着，当他很快意识到这两个小孩就是他和吴剪剪时，已吓出了一身冷汗。

他们在一堵堵镜墙之间徘徊游荡。

在另一条通道，唐烽还是忍不住想看看镜子。这次他却什么也没看到，镜子里竟然空空如也。

他们遇到死胡同就马上返回，解开食物袋，各吃一个苞谷，并且把皮留在路口，作为标记。但是在迷宫中，兜圈子比进死路更可怕。

他们遇到分岔口，就停下来观察是否还有尚未走过的通道。有，就任选一条通道往前走；没有，就顺着原路返回到原来的岔路口，并留下土豆皮或地瓜皮。他们的原则是：凡是没有做记号的通道都要走一遍。

但这样很麻烦，不知道还有多少通道是没走过的。唐烽玩过迷宫电子游戏，他想起另一个原则：只要在出发点单手摸住一面墙出发，手始终不离开墙面，总可以找到迷宫的出口。

他们走了很久很久，饿了就吃，困了倒地就睡。必须在那些食物吃完之前找到迷宫出口，否则他们都会饿死。

他们都气喘吁吁地累倒在一堵墙前，发现只剩下一个苞谷了。

唐烽说："你吃，我不饿。"

吴剪剪说："我不相信建造这条迷宫仅仅是为了考验，看谁最后能活下去。"

唐烽说："如果我们分开走，或许就有一个人能找到出路了。"

吴剪剪说："我们睡一觉吧，我太累了。"

唐烽说："谁先醒谁就吃了这个苞谷。"

"好吧。"

他们很快就睡着了。

不知过了多久，吴剪剪醒过来，发现唐烽还在睡，没有人吃最后的那个苞谷。她感觉通道里的光线变得温柔而迷幻，像蒙着轻纱。从前面缓缓走来一个人，一个年轻男人，他脸上有一种陌生而又熟悉的气息。

他用轻柔的声音说："剪剪，你顺着这条路往前走，就到迷宫的出口了。"

"你是谁？"吴剪剪感到很惊讶。

"我是你的父亲。你不是一直想见我吗？"他回答。

"父亲？"她的泪水从眼眶里溢出来，"你真的是我的父亲？"

"是的。"

"那你快跟我回家吧，妈妈的子宫得病了，她现在可能还在医院里，如果她看到你一定高兴得病都全好了……"

"可怜的孩子，擦干你的眼泪，因为我要告诉你一个秘密。"

"秘密？真的有第三个秘密？"剪剪用袖子抹去脸上的泪。

"孩子，你听着，你曾经存在于你母亲的子宫里——"父亲停顿了一下，说，"但你的母亲后来堕胎了。你并没有被生下来……其实，你并不存在。"

"我并不存在……"吴剪剪呆呆地望着她的父亲。

……

唐烽醒过来，发现吴剪剪还在睡，没有人吃最后的那个苞谷。他感觉通道里的光线变得温柔而迷幻，像蒙着轻纱。从前面缓缓走来一个女人，似笑非笑地望着他。

"舅妈？！"唐烽禁不住叫出来。

"小烽……"她轻唤着。

"舅妈，你没有死？"

"舅妈，你怎么会在这里？"

"为什么他们都说你死了？"

"那根上吊绳是怎么回事？为什么它跟礼堂表演的绳子一模一样？"

舅妈只微笑，不语。

"舅妈，你一直都在这里吗？"

"舅妈，这二十年你都一直待在缠禅村吗？舅舅为什么没有一起过来？难道你就是村长？"

"舅妈你怎么不回答我？你知道我有多想念你吗……"

"小烽，你顺着这条路一直往前走，很快就能找到迷宫出口。"舅妈说。

"出了迷宫是哪里？会不会是另一个迷宫……"

"傻孩子，出了迷宫，你就到家了。"

"家？家……舅妈你不跟我一起离开这里吗？"

舅妈轻轻摇头。

"舅妈，好多事我都不明白，我莫名其妙被带到这个缠禅村，这一切那么不可思议，简直是梦……舅妈，为什么我总感觉自己被一根绳子牵引？"

"可怜的孩子，"舅妈泪光闪闪，"其实你出生的时候，就带着这根绳索，它是你的脐带……"

"哦，原来它就是我的脐带。"

舅妈点点头。

唐烽突然想到了什么："舅妈，我还留着你的那个笔记本，它就在我的旅行袋里——可是我的旅行袋呢——对了，应该还放在俱乐部的客房里……"

"可怜的孩子……"

"舅妈，我现在究竟是不是在梦里？这二十年来我一直想知道你为什么自杀……我不想让你死……"

"我并没有死，死的其实是……"

"舅妈你说什么……"

"小烽，可怜的孩子，我有一个秘密要告诉你……"舅妈欲言又止。

"什么秘密？缠禅村的第三个秘密吗？"

"嗯，这个秘密是关于你自己的……小烽，别害怕，其实，我想告诉你的是，你并不存在……"

"什么？我不存在？"

"是的，你已经死了，在你八岁那年的一天夜里我跟你父亲发生了争执，把你惊醒了，可怜的孩子，你想保护我，却在混乱中不小心被推下了楼梯……是我害死了你……"舅妈泪眼婆娑。

"我已经死了……八岁那年就死了……"唐烽感到毛骨悚然，想起在迷宫里偷偷照镜子却发现镜中空空如也。

"你不存在，村庄不存在，整个故事都不存在。你所经历的一切，都只是我写的小说……"

"为什么？为什么是你来安排？为什么这样安排我？"唐烽的身体突然空了。

……

这一次他们同时醒来。他们手牵手，顺着这条路往前走，走出了迷宫。

他们手牵手。他们知道自己不存在。

他们是世界的孤儿。

地下迷宫的出口是一座山的洞口。缠禅村的入口和出口都不止一个，但离开地下迷宫就等于离开了缠禅村。

他们手牵手，沿着乡间小路一直走。黛青的远山，深青的峰峦，淡青的草地。山远近，路横斜，风轻云淡，天空幽蓝蓝，从小路走到了大路，天空渐渐混浊起来。原来路边有一个炼油厂，废油汩汩冒出，周围荒草稀疏，空气中弥漫着一股异味。

进入城市，他们路过一个网吧，进去上网。缠禅村的微博不存在。

第 144 页

我害死了小烽，杀了"我丈夫的童年假设"，等于杀了我丈夫。我丈夫的童年被我杀死，他没有了未来……

世界是个迷宫。世界是一根绳子，连接生与死，连接真实与虚幻，连接过去与未来，连接醒与梦，连接正常与荒唐……

而我仅仅是一个玩笑。监狱里有无数的 × 形铁网，我可以在这里写 × 小说。如果我不在监狱里，我也许在阁楼里，用一根绳子自尽，那么小烽就会跨过八岁这个时间柱，长大成人，追寻我的死因，过去与未来将深切探望。

　　我害死了小烽，我又创造了小烽的生活，我写下了小烽的痛与痒，这是不是真正的小说？

　　在小说外面还有外面，外面还有外面，真正的小说也许夹在这些可怜的缝隙里，也许被挤压得快要爆炸，之后，将是永恒的寂静……

　　永恒的寂静或许就是世界最后的微笑，而我的小说还在继续——

或梦或醒

　　唐烽做了一个梦：

　　缠禅村被上面查封了。警察翻遍了整个村庄都没找到村长。村民们各有归属，孤儿、老人被收进福利院，残疾人、精神病人经过医院诊断也有了去处。但更多的人却不知去向。

　　苏泥被一家夜总会看中，每天穿各种艳丽的衣服跳舞，她对台下的观众恶狠狠地说："我要把衣服一件一件穿上，让它们都长到我的肉里去！"她依旧戴着头盔，她戴着头盔跳舞的样子让观众大饱眼福。

　　癞头园丁完全回到他原来的生活里去，在地下通道摆地摊。他对一切都无所谓，而且适应力很强，对他来讲，无论在缠禅村里面还是外面都一样，甚至在地球上还是在其他星球上也都是一样的。

胖子对缠禅村却极其留恋，他已经习惯了清静，一出来，外面的世界吵吵嚷嚷，很恐怖，他还担心那些消失的癌会重新长出来。不过由于在村里学会了种菜，他出来后就被人雇佣去菜地种菜，只不过再也没有那份清静和舒服，老板娘性格暴躁，动不动就大呼小叫，很恐怖……

梦醒，唐烽发现自己睡在一个房间里，不知是哪座城市，也不知是哪家酒店。那根漂亮的绳子在枕边躺着。手机在床头柜。没有吴剪剪。

胖子助理打来电话，问这几天过得怎么样。

唐烽问："吴剪剪呢？"

胖子助理说："哪个吴剪剪？"

唐烽说："陪游女郎，你安排的呀。"

胖子助理说："爷，别逗我了！我可从来没有安排过一个叫吴剪剪的陪游女郎。"

唐烽只好找出舅妈的那个深青色笔记本，翻到最后一页——

或许最后一页

我半夜从梦中惊醒，看着身边熟睡的丈夫，他的枕边放着一本书，书名是《走米》。他像婴孩一样恬静无辜，我百感交集，泪如雨下，像母亲一样把他拥入怀中。自语道："别怕，别怕，这是一个玩笑。"

后记：别怕，这是一个玩笑

　　年少时不知道人为什么会自杀，更不理解三岛由纪夫剖腹让自己肠子血淋淋翻出来的决心，世上有太多不可触及的死亡，谜一样存在。若一定要找出理由，无非是抑郁症、不堪生活压力、一时冲动等等。仿佛找到清晰的理由，就能活踏实了，手握所谓真相，就能抵抗虚无？而我始终认为世界是一个谜团，在"我"之外，到处都是经验抵达不到的地方。

　　在《走米》里，唐烽的舅妈用一根华丽的绳索自杀，她的死像一个玩笑，二十年后唐烽开的一个过火玩笑导致一位无辜女子自杀，作为富人阶层的一员，唐烽的"逃亡"本身并不严肃，也像一个玩笑。看起来很荒诞，整个世界就像一个巨大的玩物，贫富之间的角逐、男女之间的张力也是好玩的，似乎苦涩与残酷、孤独与悲伤也可以用来玩味。眼看着就要陷入彻底的虚无主义了，忽起一念：如果人生是一个梦，请问做梦者是谁？

　　开始我只想构建一个乌托邦，或者一个现代桃花源。这并不稀奇，现实生活不尽如人意，于是就创造一个世界来安慰自己。世界很缠，汉语里"禅"与"缠"同音，它们互为投影，组成一个悖论。我创造了一个意图用"禅"来拯救"缠"的村庄—缠禅村，收留孤儿、孤寡老人、无家可归者、失业者、身体残疾或精神失常的人、无钱治病的人……渐渐我却迷了路，质疑这个桃花源的可能性，最终只得亲手毁了它。

唐烽想在舅妈的遗物—阁楼笔记里寻找舅妈的自杀真相，在"逃亡"途中遇见吴剪剪，被一根华丽绳子牵引，进入缠禅村，到最后逃到地下迷宫，这根"绳子"始终不离不弃，相伴相缠。

舅妈的生活由 5 件事组成：头痛、玩笑、绳子、写小说、爱舅舅。舅妈写道："× 时代充满了 ×。而在 × 时代，就要写 × 小说。"《走米》是笔记还是小说？什么是 × 小说？什么又是真正的小说？舅妈当然不会给出答案，她只是一个提问者。

《走米》是一个开放又闭合的场域，缠禅村与阁楼笔记同时延伸，构成一个圆圈，将一切蛇吞。或许一切都不过是黑格尔的哲学：从一个点画出一个圆圈，不但返回自身，而且把无数的点包含于自身。

如此又回到了最初的三岛由纪夫，用明晃晃的刀将肉体内外打通，用极致的痛感来证明自己并不是一个幻觉，他是幸福的。虚无主义者找到了证明自己真实存在的办法，就意味着拥有了信仰。而其他人呢？唐烽呢？舅妈呢？吴剪剪呢？那么多无家可归、无路可走的苦难村民呢？每一个活着的人呢？生活很大，安慰很小，我们将何去何从？

虽然舅妈说"别怕，这是一个玩笑"，但最恐怖的恰恰是：人生不过是一个玩笑。